L'OEUVRE POÉTIQUE

DE

ALBERT SAMAIN

FERDINAND GOHIN

DOCTEUR ÈS LETTRES
PROFESSEUR AGRÉGÉ AU LYCÉE JANSON-DE-SAILLY

L'OEUVRE POÉTIQUE

DE

ALBERT SAMAIN

(1858-1900)

PARIS

LIBRAIRIE GARNIER FRÈRES

6, RUE DES SAINTS-PÈRES, 6

1919

A mon Éditeur

A.-P. GARNIER

*En témoignage de vive amitie
et de gratitude.*

F. G.

Au milieu des épreuves que la patrie a traver-
sées, les poètes ont continué leur mission sacrée :
beaucoup ont combattu et sont morts pour la cause
de l'idéal ; tous l'ont servie en stimulant les énergies, en versant à nos âmes angoissées le cordial
des glorieux souvenirs et des plus nobles espérances. Comme toutes les forces morales, la poésie
a été mobilisée et a mené le bon combat contre la
force brutale et la barbarie.

Honneur à ceux qui sont tombés en héros, à ceux
dont la voix puissante a entraîné leur pays à la
grande croisade, à ceux qui chez nous emprun-
tèrent la voix de Corneille et de Victor Hugo
pour glorifier nos armées et exalter la confiance !
L'émotion que causa la mort d'Emile Verhaeren
montra bien quelle place les poètes occupent au
milieu des peuples : ce ne fut pas un deuil seule-

ment pour la Belgique et pour la poésie : une grande voix héroïque et vengeresse s'était éteinte ; tous regrettèrent de ne pouvoir plus entendre le noble interprète de leurs sentiments. Les hommages rendus depuis à son génie s'adressaient aussi à la Belgique martyre dont il était le glorieux fils. Qu'il nous soit permis ici d'associer au poète des Ailes Rouges de la Guerre le chantre de la Symphonie héroïque et d'honorer en Samain un fils de la Flandre française, si longtemps captive et enfin délivrée.

Les poètes ne seront jamais trop nombreux pour écrire les nouveaux Châtiments qu'appellent tant de crimes et pour célébrer les grandeurs tragiques du temps présent. Plus que jamais la poésie aura un rôle à soutenir sur notre terre d'art et de générosité : elle est nécessaire à la vie d'un peuple comme le nôtre. Elle manque donc à son devoir essentiel, lorsqu'elle se réduit à n'être qu'un passe-temps élégant, un jeu d'esprit, un vain exercice de mots et de rimes. Voilà pourquoi il faut entretenir la mémoire des poètes dont l'œuvre, comme celle de Samain, mérite d'être admirée et méditée. Un double danger menace les jeunes poètes : ils imitent par timidité instinctive ou par admiration ; ils versifient ; car il faut bien assouplir sa main et se rendre maître de son outil; c'est une nécessité. Mais il ne faut pas s'attarder dans ces exercices, ni se laisser égarer par le culte exclusif de la forme ou par une conception trop raffinée de la poésie. S'il y a des arts pour lesquels la forme compte plus que la matière, en poésie la matière est plus précieuse que la forme, elle est faite de pensée et de sentiment; où il n'y a ni haute pensée ni sentiment vrai, il n'y a pas de poésie. C'est précisément ce qu'enseigne l'œuvre de notre poète, et il ne faut pas laisser perdre cette leçon.

Tel est l'objet de cette modeste étude que je consacre à Samain, pour répondre à l'invitation gracieuse d'un éditeur lettré, ami fervent de la poésie, lui-même poète délicat et tendre, qui professe comme moi la plus vive admiration pour le poète de Aux Flancs du Vase.

C'est moins une étude complète qu'on trouvera ici qu'un simple essai, pour préciser les caractères essentiels de son œuvre et marquer l'évolution littéraire et morale de ce magnifique talent. Une étude d'ensemble, documentée et judicieuse, de fervente admiration et de fine analyse, a été consacrée à Samain par Léon Bocquet (Albert Samain : sa vie, son œuvre, Paris, Mercure de France, 1905). Je me fais un devoir de signaler ce livre où j'ai puisé les indications biographiques qui m'ont été utiles.

M. Vallette, le directeur des éditions du Mercure de France, a bien voulu m'autoriser à reproduire de nombreuses citations du poète. Qu'il veuille bien recevoir ici l'expression de ma vive gratitude.

F. G.

Octobre 1918.

L'OEUVRE POÉTIQUE

DE

ALBERT SAMAIN

La réputation d'Albert Samain date du compte rendu intitulé *Au Jardin de l'Infante*, que François Coppée écrivit dans *le Journal* du 15 mars 1894; mélange de spirituelle bonhomie et de généreux enthousiasme, cet article faisait connaître le jeune auteur au grand public et le mettait au premier rang dans la foule confuse des poètes contemporains.

Après avoir cité les vers caractéristiques : « Je rêve de vers doux... », Fr. Coppée, avec une bonne grâce malicieuse, reconnaissait dans ces distiques une formule bien différente de celle du Parnasse. Mais, disait-il, un conscrit passe qui a bonne tournure; le « vétéran de la campagne littéraire de 1866 » salue la nouvelle recrue sous son nouvel uniforme. Et avec une générosité touchante de cœur et de jugement, une pénétration merveilleuse, il dégageait les vrais mérites de la nouvelle œuvre, « cette intensité de sensation, cette atmosphère de songe, cet accent noble et suave, cette langue ailée et musicale » qui caractérisent *Au Jardin de l'Infante*.

Le vieux Parnassien fait des réserves sur les hardiesses de la versification et du style; mais « l'essentiel, dit-il, c'est que je me sens en présence d'un vrai poète et que, à toute page de son recueil, je rencontre de l'inspiration naturelle et pure, jaillie comme une source, épanouie comme une fleur ».

Il signale ensuite avec exactitude l'influence dominante de Paul Verlaine, de ses *Intimités* à lui-même, du « symphonique et mystérieux » Mallarmé. Mais qu'importent les origines, dit Fr. Coppée, ce nouveau venu n'est pas un apprenti, c'est un maître. « Par sa façon de sentir la vie, qui est d'une qualité fine et rare, par sa forme flottante, mais que domine un très sûr instinct de l'harmonie, il est bien lui-même et presque toujours original.... Il est précieux et nuancé, mais sincère. Et c'est un caressant, c'est un tendre.... » Coppée termine par ces mots d'exquise bonté : « Je ne le connais que par son livre, et je ne sais rien de lui, sinon qu'il est jeune. Oh! quelle joie ce serait pour moi que ma sympathie lui fût bienfaisante!... »

Il était juste de rappeler ici cet article qui fait
tant honneur aux deux poètes. Rien de plus
généreux; rien non plus de plus exact. Coppée
ne s'y trompait pas : Samain n'était pas son
disciple, Samain appartenait à une école nouvelle dont le vieux Parnassien n'approuvait pas
les théories; et quoi de plus opposé, en apparence, que la poésie familière, volontairement
populaire, en veston ou bourgeron des *Humbles*,
et la poésie aristocratique, fastueuse et raffinée,
« en robe de parade » d'*Au Jardin de l'Infante*?
Mais Coppée avait subi le charme. Il avait été
séduit par cette forme d'une souveraine élégance
et de la plus suave douceur. Il avait reconnu
dans le nouveau poète un artiste ému et sincère;
lui dont l'âme pouvait s'attendrir sur les choses
les plus familières, était surtout frappé de la
richesse et de la qualité du sentiment, en particulier de cette profonde tendresse dont l'âme
féminine de Samain est toute pénétrée.

Le jugement porté par Coppée en termes si
heureux sur *Au Jardin de l'Infante*, les critiques
n'ont eu qu'à le développer au sujet d'*Aux
Flancs du Vase* et du *Chariot d'Or*. Car ces qua-
lités originales et profondes que Coppée avait
reconnues à travers les imitations et les affecta-
tions du premier recueil, Samain s'est de lui-
même appliqué à les affranchir de tout mélange,

à les dégager et à les développer. C'est par l'effort
d'une sincérité très exigeante que se définit et se
résume l'art de Samain : toute son œuvre l'atteste
et lui-même indirectement l'indique dans ces
conseils qu'il donnait quelques semaines avant
sa mort à un jeune poète[1] : « ... Isoler sévère-
ment sa pensée, éloigner toute influence directe
ou indirecte (entretiens, lecture, camaraderie
même, parlotes), tirer le triple verrou sur la
porte de sa chambre, et s'interroger loyalement
et sans fausse honte sur ce qu'on veut faire,
autrement sur ce qu'on n'aime pas. Là il faut
avoir tout le courage et savoir faire tous les sacri-
fices, même quelquefois de ses plus hauts res-
pects. Tâcher enfin de démêler, sous l'amas terrible des formules, des esthétiques, des écoles, sa
petite personnalité enterrée, mais vivante tout de
même.... En d'autres termes, se confier à sa
nature. Voilà le grand mot : être naturel, exprimer sa nature humblement et se résigner; on
n'en a qu'une.... » C'est en effet à reconnaître sa
nature, à « se retrouver », comme il le dit encore,
que ce grand et noble artiste s'est appliqué toute
sa vie.

L'œuvre de Samain, envisagée dans son
ensemble, renferme avant tout une noble leçon

1. Edmond Rocher, *le Manteau du Passé*, p. XVI. (Paris,
1919, E. Sansot.)

de sincérité et de labeur consciencieux. A. Samain n'a pas fait des vers simplement par goût ou pour se distraire. Il n'a pas donné tout de suite, comme beaucoup de poètes, toute sa mesure : peu à peu, à force de travail et de scrupuleuse sincérité, il a pris conscience de lui-même. D'une œuvre à l'autre, non seulement on se plaît à suivre les progrès de son beau talent, mais encore on mesure et on admire l'enrichissement de son âme.

*
* *

Quelques brèves indications sur la vie du poète sont indispensables pour comprendre son œuvre.

Rien de plus touchant que cette vie si courte, et je dirais volontiers qu'elle est elle-même un douloureux poème de tendresse, de tendresse dans l'amitié et l'amour filial, et même dans les rêves de la solitude morale.

Albert Samain, né le 4 avril 1858, était le fils d'un modeste commerçant en vins de Lille : malgré les charges de la famille, l'enfant avait pu suivre les cours du Lycée. Mais, alors qu'il était en 3ᵉ, son père mourut, et comme il arrive si souvent, hélas! les plus graves difficultés surgirent : A. Samain fit ainsi, tout jeune, l'apprentissage de la vie; il souffrit de renoncer à des études qui lui étaient chères; il souffrit beaucoup de la douleur de sa mère, et désormais il n'eut plus qu'une pensée : lui adoucir la vie et alléger ses charges. Il entra dans une maison de banque, mais il continua de s'instruire et de lire. — Vers 1882, il vient à Paris, où, après concours, et non sur la recommandation d'O. Feuillet, comme on l'a dit, il obtient un emploi à l'Hôtel de Ville, puis à la Préfecture de la Seine; là, au milieu des dossiers et des cartons verts, il besogne dans l'humilité.

Voici ce que Samain écrivait à Van Bever, le 18 décembre 1899, sur ses premières années : « Ma vie n'a point d'histoire et ne comporte point d'éléments dont se puisse alimenter le côté anecdotes d'une biographie. Ce qu'il y a peut-être d'assez curieux, c'est le chemin que la vie m'a forcé à prendre pour arriver à la littérature. Car j'ai quitté le Lycée pour entrer comme saute-ruisseau dans une banque à l'âge de quatorze ans et demi, purement et simplement. De la banque j'ai été versé dans le courtage des sucres où j'ai vécu très malheureux pendant plusieurs années, travaillant de huit heures et demie du matin à huit heures du soir, et le dimanche jusqu'à deux heures. C'est ainsi que, cherchant de toutes les façons à me délivrer de cet esclavage, j'ai été

amené à songer à l'Administration. A vingt-cinq
ans — sans exagération aucune — je ne comptais
encore aucune camaraderie, aucune amitié littéraire. Je n'avais de relations qu'avec les jeunes
gens appartenant au monde des affaires. J'en
étais quitte pour lire. Heureusement la petite
bête avait la vie dure, il faut le croire.... » (Alfred
Jarry, *Albert Samain. — Souvenirs.*)

Parlant d'A. de Musset, qui dans sa jeunesse
connut lui aussi cette vie chétive et prosaïque
comme expéditionnaire chez un entrepreneur de
chauffage militaire, Maurice Donnay a rapproché
A. Samain d'A. de Musset, son grand frère de
douleur; leur parenté nous frapperait davantage
si leur art n'était très différent, d'une forme plus
classique chez Musset, plus moderne chez
Samain, et s'ils ne mêlaient à la force de leurs
émotions, l'un une grâce et une verve de Pari-
sien, l'autre la mélancolie brumeuse de son âme
septentrionale. Rappelant donc ses souvenirs,
Maurice Donnay disait :

« J'ai connu un grand poète, mort jeune, le
tendre et profond Albert Samain. Il était employé
à la Préfecture de la Seine et, toute la journée,
faisait des écritures dans une sombre pièce. Un
beau matin de printemps, un dimanche, des amis
l'emmenèrent à Nogent-sur-Marne, dans l'île des

Loups. Il y avait, devant la petite maison, une pelouse fleurie; de grands arbres se reflétaient dans les eaux sombres et claires de la rivière, et, en prenant contact avec la nature, Albert Samain eut une ébriété émouvante. Il tournoyait sur la pelouse en frappant dans ses mains et en criant de joie! »

A cette exaltation du poète devant une nature plus jolie pourtant que vraiment belle, on comprend quelle pouvait être la souffrance de Samain, dans un horizon étroitement limité par les cartons administratifs, dans le repliement continuel et monotone de cette réclusion, — souffrance qui s'aggravait encore d'un isolement voulu.

Du moins la dignité de sa vie, la noblesse de ses sentiments valurent au jeune poète de précieuses et consolantes amitiés, de ces amitiés qui honorent celui qui donne et celui qui reçoit. Ses amis nous disent son souci constant de s'effacer, sa grande douceur, sa bonté large et mystique, sa compassion que devaient accroître tout à la fois et les généreuses illusions de l'âge et le précoce apprentissage de la vie, et surtout une timidité excessive où l'on sentait le souci inquiet de son indépendance.

Samain avait eu la bonne fortune de rencontrer parmi les employés de l'Hôtel de Ville un

compatriote, un poète aussi, Gabriel Randon,
plus connu sous le pseudonyme de Jehan Rictus,
auteur des *Soliloques du Pauvre,* des *Cantilènes
du malheur,* poèmes d'une inspiration très forte
mais amère, imprégnés de pitié et de compassion
pour les misères sociales. Les deux poètes étaient
faits pour se comprendre et fraterniser ; car la pitié
est une note que Samain fait entendre plus d'une
fois, et qui est un élément essentiel de son œuvre.

Gabriel Randon voulut entraîner Samain dans
les multiples cénacles et cafés littéraires qui riva-
lisaient alors pour conquérir Montmartre : il
voulut faire connaître son ami, le produire. Mais
Samain — et ceci encore le caractérise — était
d'une grande modestie et, sous une apparence
douce et complaisante, cachait une grande fierté
d'indépendance : il se défia et se détourna vite de
ces coteries littéraires où l'admiration mutuelle
est de règle, où la fraîcheur des sentiments se
perd dans la recherche des émotions affectées et
des idées alambiquées. Du moins, à défaut de la
gloire et de la Muse, Samain trouva là de nouveaux amis, en particulier un jeune compositeur
de musique, Raymond Bonheur. Celui-ci témoi-
gna une grande sympathie à Samain ; il lui
montra la sollicitude la plus délicate et la plus
dévouée dans les heures tragiques qui allaient
bientôt sonner pour le jeune poète.

A. Samain avait fait venir sa mère à Paris :
il vivait avec elle, et ne voulut vivre que pour
elle. Pour elle il renonça aux joies les plus légi-
times de la vie; il en souffrit cruellement, si l'on
en juge — je ne dis pas par ses confidences (nul
poète n'a parlé de lui-même avec plus de ré-
serve), — mais par l'accent de ses élégies. On
comprend assez ce qu'il laisse entendre, quand il
parle de sa jeunesse, « ma jeunesse, dit-il,

> déjà grave comme une veuve.
> (Au Jardin..., p. 42.)

Il partagea en effet, si je puis dire, le lourd
veuvage de sa mère. Mais il n'eut pas même la
consolation de garder celle pour laquelle il se
sacrifiait. Après une longue maladie, qui avait
inspiré des inquiétudes à son fils et augmenté la
mélancolie de sa frêle nature, elle mourut. Voici
comment le malheureux fils annonce à un ami le
deuil qui l'accable (1898).

« Ma mère est morte.... C'est la catastrophe
que je sentais toujours planer sur moi depuis
longtemps. Plus d'une fois nous en avons parlé
ensemble, et tu avais pu voir que c'était là le
fond de tristesse de ma vie.... Je suis désem-
paré.... Comment vais-je organiser ma vie? Ici
tout autour de moi, tout est plein de ma mère; à
chaque seconde, ce sont des fibres qui se dé-

chirent.... Quand je suis seul, je ne peux que répéter tout haut, machinalement : « Pauvre maman ».... Tu es chrétien, prie pour elle et surtout pour moi. »

Quand on implore sur ce ton la prière des autres, on est tout près de tomber soi-même à genoux. Ce cri de détresse singulièrement douloureux rappelle la lettre célèbre que Chateaubriand écrivit à sa sœur après la mort de leur mère. Toutefois on sent chez Chateaubriand l'accent d'une profession de foi; la douleur de Samain s'exprime avec moins d'éloquence, mais en termes non moins pénétrants.

Ce fut une de ces épreuves qui approfondissent la sensibilité, la marquent d'une empreinte définitive, et qui décident aussi d'une vocation.

L'isolement moral du poète, et l'étroitesse de sa vie matérielle risquaient d'arrêter son essor, de le détourner de la poésie. Mais l'amour de son art lui permit d'échapper à la prose la plus terne et la plus plate, et de remplir le vide de son âme assoiffée de tendresse; se sentant poète, il s'efforça toujours de l'être plus complètement, et de sauvegarder son originalité. Car ce timide était un sincère, par délicatesse, par peur de sacrifier une parcelle de son indépendance, par dignité intellectuelle et morale. Voilà pourquoi, au milieu des rivalités d'écoles et de cénacles, et malgré son admiration pour les poètes en renom, Albert Samain eut vite fait de se dégager de toute influence despotique.

A l'époque où Albert Samain se fait connaître, deux écoles poétiques sont en rivalité : les Parnassiens, qui reconnaissent leur chef en Leconte de Lisle; les Symbolistes, dont les représentants les plus autorisés sont Baudelaire et Verlaine.

Sans doute le Parnasse date de 1860, et le Symbolisme, qui marque une réaction, est né vers 1880. Mais, à cette date, le Parnasse comptait encore de nombreux adeptes, très ardents et très vaillants, comme Leconte de Lisle, Sully-Prudhomme, François Coppée, de sorte que pendant vingt ans, de 1880 à 1900, les deux écoles furent vraiment rivales.

Albert Samain, qui est né en 1858, publie son premier recueil, *Au Jardin de l'Infante*, en 1893, précisément en plein antagonisme des deux écoles, dans l'opposition des théories et le chaos des œuvres.

A quelle formule Samain se ralliera-t-il? En réalité, il subira cette double influence, mais en sauvegardant sa personnalité; il apparaîtra comme un conciliateur, et il le fut vraiment.

Comment pourrait-il méconnaître la conception très noble qu'un Leconte de Lisle se fait de la poésie? Comment ne se laisserait-il pas séduire par cette résurrection du passé que l'auteur des *Poèmes Barbares* poursuit dans des chefs-d'œuvre d'un si puissant relief. Lui-même, dans un poème intitulé *Tsilla*, va brosser un tableau haut en couleur qui pourrait figurer dans l'œuvre du maître. Il connaît et admire la poésie de Leconte de Lisle; son imagination est obsédée de certaines pièces connues, il les refait à sa manière; il reprend le sujet de *Midi* et le traite sous le même titre, il s'en inspire encore dans le sonnet intitulé *la Vache*, titre qui rappelle une pièce admirable des *Voix Intérieures* de Victor Hugo.

Plus souvent Samain transforme ce qu'il imite; *le Sacre* est un sonnet dans le goût de Hérédia; mais le sonnet chez Hérédia s'achève en un tableau grandiose, et chez Samain sur une note d'émotion profonde.

En s'appliquant à faire revivre les légendes des anciennes civilisations, les Parnassiens se sont interdit de mêler à ces évocations aucun frisson, aucune émotion. Si par bonheur ils n'ont pas toujours réussi à rester impassibles, ils ont voulu l'être. Comment Samain, ce poète si frémissant, aurait-il pu accepter de faire de l'impassibilité la condition même de la poésie? Sa délicatesse naturelle l'avertissait seulement que la retenue et la sobriété dans l'expression des émo-

tions ne fait qu'en rendre plus profond le pathétique. Mais parce que la sensibilité domine en lui
plus que l'imagination, il devait se rallier à une
poésie qui professe avant tout l'amour du sentiment et du rêve. A la poésie plastique et sculptu-
rale, il devait préférer la poésie mystique des
Symbolistes.

Sous la dénomination générale de *Symbolisme*
on a confondu tous les groupements de jeunes
poètes qui, en réaction contre le Parnasse, se
montraient avides d'innovation, de quintessence
et de mystère. Car, malgré son nom, le Symbolisme ne se définit pas — du moins en son
essence — par l'usage du symbole, qui n'est
pas une nouveauté; mais il fait du symbole un
usage nouveau. Les Parnassiens ont trouvé eux-
mêmes de magnifiques symboles; mais ils re-
cherchent avant tout les belles légendes expres-
sives. Les Symbolistes assignent comme but à la
poésie l'Inconnaissable dans les choses de l'âme
et de la nature, les sentiments fugitifs à demi
épanouis, à demi conscients, les impressions mal
définies.

Voilà pourquoi Albert Samain emprunte si
souvent l'épigraphe de ses poésies à Baudelaire,
à Verlaine, à Mallarmé; il se nourrit de leurs
œuvres, les imite comme il imite aussi les Parnassiens, leur emprunte parfois des sujets ou des

images, comme l'atteste la pièce intitulée *les Colombes* (*Au Jardin...*, p. 141), qui est une imitation curieuse de l'*Albatros* de Baudelaire.

Des Symbolistes, Samain acceptera la conception musicale de la poésie. Le Symboliste fait peu de cas des idées; il recherche les sensations, les états d'âme; et encore il veut moins les exprimer que les traduire par des mots, des syllabes, des inventions verbales, des combinaisons rythmiques qui donnent à la poésie la puissance suggestive de la musique. Il est à peine besoin de faire remarquer que Samain devait être séduit par une poésie qui fait tant de place aux sentiments vagues, modulés par une musique chuchotante et nuancée. Les impressions que la musique communique aux âmes, voilà ce que le vers doit rechercher et produire. C'est ce qui ressort avant tout de la poésie fameuse de Verlaine, intitulée *Art Poétique* :

> De la musique avant toute chose...
> . . . . .
> De la musique encore et toujours!
> Que ton vers soit la chose envolée,
> Qu'on sent qui fuit d'une âme en allée
> Vers d'autres cieux à d'autres amours.

Et de même Samain dira :

> Je rêve de vers doux et d'intimes ramages,
> De vers à frôler l'âme ainsi que des plumages....

> De vers silencieux, et sans rythme et sans trame,
> Où la rime sans bruit glisse comme une rame...
>
> De vers de soirs d'automne ensorcelant les heures
> Au rite féminin des syllabes mineures....
>
> Violes d'or, et *pianissim' amorose*
>
> Je rêve de vers doux mourant comme des roses.

Musique, et douceur toute musicale du vers, voilà la théorie reprise encore çà et là en termes poétiques (voir en particulier *Dilection*, p. 57); et, nous le verrons plus loin, ce qu'il y a de particulièrement original dans la versification de Samain, c'est sa valeur musicale.

Samain ira-t-il jusqu'à déformer et désarticuler le vers français? Il ne suivra pas plus les Symbolistes que les Parnassiens jusqu'au bout de leurs théories. Les Symbolistes sont vers-libristes, et veulent faire des réformes que Samain n'approuve pas. Ils se sont épuisés en vains efforts pour assouplir le vers, au point de lui faire exprimer l'inexprimable, et le trouvant insuffisamment malléable avec son cadre étroit et rigide, ils ont voulu le « libérer » ou se libérer eux-mêmes des règles traditionnelles; les uns, comme Baudelaire, sont revenus à la prose, « une prose poétique, dit-il, musicale, sans rythme et sans rime, assez souple et assez heurtée pour s'adapter aux mouvements lyriques de l'âme »; les autres,

comme H. de Régnier, ont imaginé le vers libre,
un vers qui s'allonge ou se raccourcit démesuré-
ment, se brise souvent, et ne rime qu'au hasard
des mots, un vers soumis au rythme physique et
intellectuel propre à chacun, qui suit et qui
commente, d'une manière visible, les mouvements, les élans et les sinuosités de la pensée et
du sentiment.

Entre les Parnassiens et les Symbolistes, Albert
Samain garda son indépendance et son originalité. Apprécié des uns et des autres, il fut en réalité le trait d'union qui rapprocha les intransi-
geants des deux écoles; ses succès à l'Académie
(Prix Archon-Despérouses, 1898) et auprès du
grand public (poésies publiées dans la *Revue des
Deux-Mondes*, 1897) contribuèrent à apaiser le
différend et à faciliter le compromis qui devait
aboutir à ce qu'on a appelé le « vers-libéré », qui
n'est plus le vers libre des révolutionnaires, mais
qui est moins rigide que le vers classique des
Parnassiens.

Par sa conception même de la poésie, Samain
se rapprochait plutôt des Symbolistes que des
Parnassiens. Car les Symbolistes ont voulu rame-
ner la poésie à son fond essentiel, la tendresse, le
mystère, le rêve mélancolique et alangui. Samain
renoncera aux procédés et aux formules de l'école
nouvelle; mais l'attrait du mystère, et le senti

ment profond de mélancolie qui caractérisent la
poésie symboliste, caractérisent aussi *Au Jardin
de l'Infante*, le premier recueil du poète : interpréter le mystère des choses et de l'âme, voilà ce
que veut Samain, il s'y applique, et on sent je ne
sais quoi de tendu et d'exclusif dans cet effort
qui risque d'altérer, comme il s'en apercevra lui-
même, la sincérité de son inspiration.

⁎

Dans son premier recueil, *Au Jardin de l'Infante*, paru en 1893, Albert Samain se révélait
comme un élégiaque. Sans doute, il n'écrira pas
seulement des élégies ; il composera des pièces de
formes diverses, surtout des sonnets et des idylles ;
mais même quand il s'essaiera aux genres les plus
éloignés de l'élégie, A. Samain ne cessera pas de
faire entendre l'accent élégiaque et *Polyphème*,
par exemple, est avant tout une élégie dramatique.

A l'antique élégie, A. Samain donnait une forme
nouvelle. Il y apportait les délicatesses subtiles
de l'art moderne, en particulier une sensibilité
très pénétrante quoique très discrète ; il y faisait
de plus une grande place à la description. L'élégie de Samain n'est donc plus uniquement
« plaintive », ainsi que Boileau la définissait. Le
développement sentimental s'encadre dans une

esquisse de pittoresque réalité; il semble se dis-
simuler ou se fondre avec la description. L'émotion n'en est ni moins profonde ni moins intense.
Que faut-il le plus admirer dans les strophes sui-
vantes, la grâce et la légèreté du dessin, ou la
suave douceur de la mélancolie?

> Tremble argenté, tilleul, bouleau...
> La lune s'effeuille sur l'eau....
>
> . . . . .
>
> La rame tombe et se relève,
> Ma barque glisse dans le rêve.
> Ma barque glisse dans le ciel
> Sur le lac immatériel....
>
> . . . . .
>
> Comme la lune sur les eaux,
> Comme la rame sur les flots,
> Mon âme s'effeuille en sanglots!
>
> (Au Jardin..., p. 27.)

ou encore dans *Promenade à l'Étang* (p. 29) :

> Le calme des jardins profonds s'idéalise.
> L'âme du soir s'annonce à la tour de l'église;
> Écoute, l'heure est bleue et le ciel s'angélise.
>
> . . . . .
>
> L'étang moiré d'argent, sous la ramure brune,
> Comme un cœur affligé que le jour importune,
> Rêve à l'ascension suave de la lune.
>
> . . . . .

Combien d'élégies éparses dans les divers

recueils unissent dans un accord ingénieux et
subtil, ou, comme dit le poète,

> Fiancent l'amour triste à la douceur des choses.
>
> (p. 63.)

Chose curieuse ! l'amour tient une place res-
treinte dans ces élégies, ou du moins il a je ne sais
quoi de vaporeux et de rêveur ; à dessein, les
détails restent imprécis, et seuls quelques traits
ébauchés font allusion à l'étreinte des mains, à la
douceur des regards ; les plus belles élégies sont
ainsi tout enveloppées de pudeur et de discrétion,
elles ne disent guère plus qu'une mélodie sentimentale : ce sont moins des élégies que des rêveries élégiaques.

Le Rêve et la Pitié, voilà en effet, s'il faut en
croire le poète lui-même, les sources principales
de son inspiration. Il importe de préciser ces
deux points.

Comme l'infante délaissée au fond du vieil
Escurial, l'âme du poète se plaît à errer

> Dans la forêt du Rêve et de l'Enchantement,

où sa mélancolie trouve à la fois un aliment et un
apaisement.

Pour échapper aux vulgarités du présent, il

aime à évoquer un passé dont le décor charme son ennui. Ce sont les ruines grandioses des civilisations les plus lointaines, par exemple cette « ville morte »

> Vague, perdue au fond des sables monotones,

qui dort

> Sous le suaire blanc de ses marbres épars,

ou la tragique beauté de cette « fin d'empire » qui oppose les mâles énergies d'un passé glorieux et l'indifférente volupté d'un empereur efféminé. Ce sont les grâces mièvres d'une société élégante et raffinée dans le parc vaporeux où passent

> Les robes de satin et les sveltes manteaux

des bergers et des bergères de Watteau. De même, dans le *Chariot d'Or*, plusieurs sonnets consacrés à Versailles diront la grandeur mélancolique du parc « solitaire et royal », où dans la splendeur du « couchant sublime » se traîne encore, comme une ombre, « le Génie en deuil des vieilles races ».

Ces « évocations », ces « visions » — Samain aime à grouper plusieurs poésies sous ces titres — ont un charme douloureux qui suffirait à définir la sensibilité maladive et frémissante du poète. Mais où elle se révèle plus complètement encore, c'est dans le sentiment de la nature, dans ces descriptions ou plutôt — car il ne décrit pas plus qu'il n'analyse — dans ces impressions, dans ces « évocations » encore, dans cette poésie du crépuscule et du soir qui baigne d'ombre et de silence toutes les élégies de Samain. Car la beauté de la nature se concentre pour lui dans la douceur pénétrante et troublante du jour à son déclin, quand

> La majesté des dieux avec l'ombre descend,
> Donnant une âme auguste aux choses familières.
>
> (*Aux Flancs...*, p. 46.)

Qui donc en effet a mieux senti et rendu la magique beauté du soir, des instants délicieux où s'opère la transition de la lumière à la nuit? C'est alors un arrêt, une attente, une inquiétude. Tout se ralentit : le jour s'en va comme à regret, et la nuit n'arrive que lentement : magnifique poème de douce langueur, de pénétrante mélancolie! Et quand la nuit triomphe enfin, quel silence impressionnant! L'abondance des émotions agrandit notre être; notre cœur qui bat plus lentement bat plus fort. Dans ce recueillement solennel de la nuit, au milieu de la majesté des choses, une voix plaintive s'élève : c'est le poète qui chante :

> Le ciel semble, ce soir d'automne, défaillir.
> L'Heure passe comme une femme sous un voile,
> Et dans l'ombre mon cœur s'ouvre pour recueillir
> Ce qui descend de rêve à la première étoile.
>
>   (*Au Jardin...*, p. 116.)

On peut appliquer à sa Muse les beaux vers où il a peint la jeune musicienne :

> Et sa voix, que toujours un peu de brume couvre,
> Monte et s'exhale ainsi qu'un triste et pur soupir
> Au fond du grand silence où le jour va mourir.
>
>   (*Aux Flancs... : Nyza chante.*)

Poète du crépuscule en effet plus que de l'aurore, et des soirs plutôt même que des nuits, il aime ces esquisses d'une grâce méditative, d'un charme descriptif et d'une émotion concentrée que rien ne dépasse :

> Le ciel comme un lac d'or pâle s'évanouit,
> On dirait que la plaine, au loin déserte, pense ;
> Et dans l'air élargi de vide et de silence
> S'épanche la grande âme triste de la nuit.
>
>   (*Au Jardin...*, p. 119.)

Ainsi nous est livré le secret des harmonies mystérieuses que la nuit établit entre la nature qui se voile et l'âme mélancolique du poète.

Voilà de quels éléments le poète compose son « Rêve ». Ce qui rapproche ce rêve de la réalité, c'est le sentiment de douceur tendre qui s'y mêle, et que le poète appelle la Pitié ; dans la pièce liminaire d'*Au Jardin de l'Infante*, parlant de la petite princesse qui n'est que la figure de sa Muse, il la peint résignée et douce,

> Sachant trop pour lutter comme tout est fatal,
> Et se sentant, malgré quelque dédain natal,
> Sensible à la pitié comme l'onde à la brise....

S'agit-il ici de la pitié qui se penche sur les misères humaines, qui prend la défense de l'opprimé ou du malheureux, le console et le soutient ? Dans le magnifique sonnet intitulé *le Sacre*, après avoir peint les splendeurs de l'apothéose impériale, le poète fait entendre dans un coin de l'immense nef le sanglot d'

> Une vieille à genoux qui pleurait son enfant.

Encore, ce dernier vers de la pièce ne sert-il que de contraste à l'ensemble de la description. Et si cette note est d'ailleurs isolée dans l'œuvre de Samain, c'est qu'en artiste raffiné et scrupuleux il se défiait, comme d'un effet facile et vulgaire, de tout ce qui peut prêter à la déclamation. La pitié dont il parle, est plutôt la tendresse, une tendresse vague, un besoin d'aimer qui s'exalte en nous au contact de la bienfaisante nature. C'est ce qu'exprime Polyphème, le héros du poète ; quand je m'étendais sur la terre, dit-il,

> Baigné du vent du large et de l'odeur des bois,
> Il me semblait sentir une vague caresse
> Du fond du sol sacré répondre à ma tendresse.

Ce sentiment est plus profond encore, plus pénétrant, aux heures graves et douces où la nature semble se recueillir pour écouter notre plainte et nous consoler. Si ce n'est pas la « bonté » dont parle un vers magnifique de Victor Hugo,

> Une immense bonté tombait du firmament,

c'est quelque chose d'approchant, de moins auguste, un attendrissement que la sérénité du soir verse en nous comme un dictame. Ainsi l'interprète la dernière strophe de l'exquise *Elégie* dédiée à Gabriel Randon :

> C'est la Pitié qui pose ainsi son doigt sur nous;
> Et tout ce que la terre a de soupirs qui montent,
> Il semble qu'à mon cœur enivré le racontent
> Tes yeux levés au ciel si tristes et si doux.
>
> (Au Jardin..., p. 39.)

Cette pitié, ou cette tendresse émue et inquiète, qui dans la douceur de l'heure mélancolique resserre encore les cœurs, c'est elle encore qui, survivant à la souffrance, ne connaît ni la rancune ni l'amertume, et trouve dans la nature sa consolation :

> Laisse-moi respirer un peu le vent qui passe,
> C'est comme la pitié de la nuit sur ma face,

dira le géant cruellement trompé.

Tel est le sentiment qui domine dans les élégies et qui, exprimé ou latent, les imprègne d'humaine douceur et de poétique séduction. A cause de cette sensibilité exquise de Samain, on l'a parfois comparé à du Bellay. Le rapprochement est assez juste : tous deux ont composé de belles élégies, ils ont tous deux moins d'imagination que de sentiment, et dans l'expression même du sentiment, ce qui domine en eux, c'est la grâce. Mais dans la sensibilité de du Bellay il y a quelque chose d'amer parfois, qui va jusqu'à l'ironie et la satire ; la sensibilité de Samain s'exalte jusqu'à l'ardente passion, mais jamais elle ne s'irrite ; elle est faite avant tout et presque uniquement de douceur et de tendresse. Ce sentiment, qui se révèle même à travers les incertitudes et les erreurs du début, va sans cesse s'élargir et s'épurer, à mesure que le poète prendra de lui-même une conscience plus profonde et plus sûre.

Ce qui frappe le plus dans la poésie de Samain, c'est l'élégance merveilleuse de la forme, et la douceur musicale de la mélodie.

Cette élégance tient sans doute, d'une façon

générale, à l'expression discrète, délicate et voilée des sentiments, mais aussi à la sobriété même du style, qui indique et suggère les choses plus qu'il ne les exprime. Car jamais on n'a poussé plus loin cet art subtil « où l'imprécis au précis se mêle », comme a dit Verlaine. De là ces abstractions nombreuses qui mettent comme une estompe sur le dessin et la couleur de ces descriptions, et qui donnent à cette poésie la grâce charmante et fragile des allégories d'autrefois. De là aussi ces images, comparaisons ou métaphores, imprévues et ces alliances de mots qui rapprochent le matériel et l'immatériel, et qui, le plus souvent, évoquent un contour et éveillent une émotion : de là encore les significations nouvelles que prennent les mots. Art très savant mais d'une souplesse, d'une aisance et d'une grâce merveilleuses ! Faut-il citer des exemples ? Il faudrait pouvoir analyser tous ces petits chefs-d'œuvre. Rien de délicieux comme les strophes si curieusement balancées de *Musique confidentielle* ou comme la fin d'*Accompagnement* :

> Comme la lune sur les eaux,
> Comme la rame sur les flots,
> Mon âme s'effeuille en sanglots !

ou comme ces deux tercets de *Promenade à l'étang* :

> L'heure est à nous; voici que d'instant en instant
> Sur les bois violets au mystère invitant
> Le grand manteau de la solitude s'étend.
>
> L'étang moiré d'argent, sous la ramure brune,
> Comme un cœur affligé que le jour importune
> Rêve à l'ascension suave de la lune...

et tant d'autres strophes où se montre une science véritable des mots et de leur arrangement? Courte, vive, plus souvent langoureuse et toujours très souple, la phrase glisse à demi silencieuse, ou semble s'exhaler comme le soupir d'une âme en peine, ou comme la plainte du violon sous l'archet.

Comment en effet n'être pas frappé de la valeur musicale de cette poésie? Samain a dit lui-même à plusieurs reprises, comme on l'a vu plus haut, ce que son art devait à la musique. Non seulement beaucoup de ses poésies portent un titre qui atteste les préoccupations musicales du poète, mais encore la poésie doit être pour lui rivale de la musique, et le vers une sorte de transposition musicale : la poésie, comme la musique, doit servir d'accompagnement (c'est le titre d'un de ses petits chefs-d'œuvre) à l'expression des émotions. Nous avons dit que cette conception était celle des Symbolistes. Mais laissons la théorie : il est curieux de voir comment, dans la pratique, Samain a été un admirable virtuose de cette poésie nouvelle, bien que cet art soit un enchantement, un sortilège qui échappe à l'analyse.

Ce n'est plus ici l'harmonie oratoire des romantiques, dont la phrase pleine, nombreuse et sonore, savamment rythmée se développe suivant une ligne précise et bien tracée, ou se déploie avec la force d'un fleuve qui pousse ses ondes entre de larges rives. C'est ici une mélodie plus intime, imprécise et fluide, qui obéit à des lois mystérieuses. D'où vient-elle ? Des sonorités alanguies, des voyelles silencieuses et douces, des syllabes mouillées, dont le choix et la combinaison donnent à ces vers comme un chuchotement de confidence. Une harmonie subtile et diffuse enveloppe la phrase d'un rythme léger comme le souffle de la brise sur l'eau calme d'un lac, comme le frisselis d'une étoffe légère ou soyeuse ; et c'est en vérité comme une phrase de velours ou de mousseline.

De même la construction des strophes et la combinaison des rimes semblent se dérober à toute analyse. Samain aime le sonnet, par exemple ; mais il en modifie la forme traditionnelle, en ajoutant au dernier tercet un 4ᵉ vers (voir *Automne* et *Keepsake*). La pièce intitulée *Accompagnement*

mêle de la façon la plus capricieuse en apparence les distiques et les tercets, les vers de 8 syllabes et ceux de 12 syllabes; dans les distiques
on trouve des vers de 8 et de 12 syllabes; 3 tercets sont en vers de 12 et 2 en vers de 8 syllabes.
Même liberté pour les rimes : ces distiques et ces
tercets sont monorimes sauf 2, dont l'un reprend
au 2ᵉ vers la rime du distique précédent, et dont
l'autre a au 3ᵉ vers une des rimes de la strophe
suivante. Cette irrégularité, qui n'est point l'effet
du caprice ou de la fantaisie, produit une impres-
sion musicale très originale; c'est un rythme
immatériel qui échappe, comme la rêverie même,
à toute précision, et qui module l'infini des émotions dans l'indéfini des songes ou des « extases ».
C'est l'art subtil de nos musiciens modernes,
d'un Debussy par exemple, qui se fit précisément
l'interprète de Mallarmé et de Maeterlinck, de
tous les poètes du mystère et de la tendresse.
Mais les ressources du poète sont ici plus limitées,
et sa virtuosité a quelque chose de paradoxal; car
c'est avec des mots que Samain a écrit ses sym-
phonies; c'est avec un art rebelle et fait pour la
pensée qu'il a su évoquer l'âme profonde des
choses et que, suivant une épigraphe emprun-
tée par lui-même à Mallarmé, il a fait de la
poésie la « musicienne du silence ».

Tel est l'art vraiment prestigieux qui donne tant de prix et de séduction aux plus belles élégies de ce premier recueil. Ce sont, pour en rappeler les titres : *Musique sur l'eau*, *Accompagnement*, *Promenade à l'étang*, *Automne*, *Elégie* (à Gabriel Randon), *Musique confidentielle*, *Musique*. Mais pour être du grand art, il n'a manqué à cette poésie que d'être moins raffinée et d'élargir son domaine; l'inspiration manque d'ampleur et de vigueur; c'est une poésie de recueillement et de confidence.

De plus, à côté des plus belles élégies on trouve beaucoup de pièces d'un sentiment subtil ou forcé, d'un dilettantisme d'emprunt, « exercices d'exaltation, études d'entraînement, esquisses de rêves d'après les maîtres », comme le dira lui-même Samain à un jeune poète, pour le mettre en garde contre les imitations excessives, et en faisant très probablement un retour sur lui-même. Samain travaille d'après des peintres : les frêles esquisses intitulées l'*Ile fortunée*, l'*Indifférent*, attestent assez que l'art vaporeux de Watteau a exercé sur l'imagination de Samain la plus grande influence. Il travaille surtout d'après les poètes contemporains qu'il admire, Verlaine et Baudelaire; des pièces comme la série intitulée *Visions* ou les premiers sonnets de l'*Allée solitaire* montrent clairement, par le contraste même des élégies délicieuses qui les avoisinent, que l'imagination et la sensibilité de Samain risquaient de perdre leur fraîcheur et leur grâce dans l'effort laborieux de ces imitations factices.

A ses débuts, Samain s'était évertué dans la recherche des émotions les plus artificielles et il n'avait pas craint de se faire une sensibilité d'emprunt. Il s'imaginait être quelque Hérode sanguinaire ou quelque Salomon pervers. Quelle étrange aberration, quand le poète n'avait qu'à frapper son cœur pour en faire jaillir la vraie poésie ! Par bonheur il se fatigua vite de ces tentatives et de ces imaginations ; bientôt lassé de peindre des sentiments exceptionnels, étranges et morbides, de boire une liqueur frelatée, il rejeta la coupe des enchantements perfides.

A vrai dire, il n'était pas le seul à sentir ce qu'il y avait de faux, de stérile dans cet art à la mode qui, par orgueil et raffinement, s'éloignait de la simple vérité, sans laquelle il n'est pas de poésie vraiment grande.

A ce dilettantisme quelques poètes songèrent à substituer, comme disait l'un d'eux, l'inspiration sociale. Telle fut l'ambition de Maurice Magre, d'Edmond Blanguernon, de Saint-Georges de Bouhélier. Léonce Depont assignait au poète la mission d' « agir » ; Jean Canova s'écriait :

> Poète, il n'est plus temps de chanter pour toi-même
> Les molles voluptés, en effeuillant des lis.
> Va-t'en droit à la forge où les faces sont blêmes,
> Où la sueur de sang coule des bras meurtris...;

Voici ce que déclarait F. Gregh dans une poésie de l'*Or des Minutes*, intitulée *Travail* :

> Je ne savais où rattacher mon âme lasse,
> J'ai dans l'ordre éternel bientôt repris ma place ;
> Je m'isolais en moi comme un enfant puni :
> Je me suis oublié dans le Tout infini ;
> J'étais en croix avec la vérité profonde ;
> Je me suis à nouveau mis dans le sens du monde

Ni poète philosophe, ni poète social comme eux, A. Samain ne renie son œuvre que pour la reprendre et la refaire en quelque sorte : il reste fidèle à la poésie sentimentale, et c'est dans son cœur même qu'il va encore chercher le secret de modulations nouvelles. Désormais il renie les excitations artificielles, toute inspiration malsaine. Se parlant à lui-même : va, dit-il,

> Va, ne t'attarde plus aux parades étranges ;
> Si la vie a rentré quelque blé dans tes granges,
> Fais ton pain simplement dans la paix du Seigneur....
>
> Surtout, naïf badaud des enseignes de gloire,
> Ne t'en va point chercher du clinquant à la foire
> Pour les beaux fils de ta joie et de ta douleur,
>
> Et rentre enfin dans la vérité de ton cœur.
>
> (p. 176.)

3

Être « vrai », voilà ce que veut notre poète ;
épris jusqu'ici d'art compliqué ou subtil, il s'achemine désormais vers la simplicité, il aspire à un
art absolument et toujours sincère.

Il reconnaît en même temps l'accent trop grêle
de sa mélancolie ; il sent ce qu'il y a d'un peu
chétif dans sa poésie ; le souci même d'une
santé toujours fragile semble ajouter encore à
l'amertume de ce sentiment douloureux. De là
cette magnifique pièce intitulée la *Prière du Convalescent* (*Au Jardin...*, p. 219) : le poète implore
la santé et la force avec l'ardeur d'un malade qui
veut guérir ; il constate avec angoisse qu'à force
de chercher des sensations toujours plus rares, il
a laissé son imagination se dessécher, et avec
des accents d'ardente piété il demande une inspiration « virile » capable de remplir son « âme
élargie ».

> Mon cœur, tu t'en vas seul dans le bonheur des choses ;
> Pourtant l'Espoir frémit dans l'azur du matin.
> C'est le temps du travail et des métamorphoses,
> Il faut à chaque jour un soir lourd de butin.
> . . . . .
> Seigneur, laissez tomber dans ma coupe tarie
> Une goutte, une large goutte du vin d'or !...
> . . . . .
> Donnez-moi le vouloir, l'audace, l'énergie,
> Et le besoin viril de prendre et de dompter,
> Et que je sente enfin dans mon âme élargie
> La Force comme une rose rouge éclater !
>
> (*Au Jardin...*, p. 220.)

Cette inspiration nouvelle va remplir les idylles du deuxième recueil, *Aux Flancs du Vase*, et diverses pièces, élégies ou idylles, du recueil posthume, *le Chariot d'Or*.

*
* *

Aux Flancs du Vase est un mince recueil composé seulement de 25 idylles, dont la plus longue n'a même pas 40 vers. C'est peu assurément, trop peu pour notre joie. Mais faut-il juger de la beauté de la perle à son poids ou aux dimensions de l'écrin? Cette œuvre est du plus grand prix; elle a sa place marquée dans la poésie contemporaine à côté des *Trophées* de J.-M. de Hérédia et des *Vaines Tendresses* ou des *Solitudes* de Sully-Prudhomme. *Aux Flancs du Vase* est un chef-d'œuvre et en tout cas le chef-d'œuvre de Samain.

Aux Flancs du Vase : par ce titre significatif le poète se reconnaît l'émule de ces artistes de l'antiquité qui, sur la fine argile d'un vase aux formes harmonieuses, traçaient d'un pinceau léger et délicat des attitudes et des gestes élégants, l'esquisse d'une scène familière ou d'une gracieuse idylle;

Dans son premier recueil, A. Samain s'était laissé séduire par les mythes et les fables de l'antiquité. Est-ce à dire qu'il avait l'imagination mythologique à l'égal de beaucoup de poètes français qui l'avaient précédé? Car Samain aurait pu se réclamer d'une noble et longue tradition. Nos délicieux poètes de la Pléiade, Ronsard, du Bellay, Baïf, avaient retrouvé l'antiquité; pour eux, elle était sortie de leurs livres mêmes toute fraîche, toute nouvelle. Après eux et comme eux, A. Chénier l'avait ressuscitée : elle lui était encore plus proche et plus familière. Fils d'une Grecque, il était venu au monde avec le miel de la Grèce sur les lèvres. Nos grands romantiques, à part quelques exceptions, ont un peu délaissé l'antiquité pour le moyen âge et la vieille France. Puis les Parnassiens, un Leconte de Lisle avec ses *Poèmes antiques*, un Hérédia avec ses *Trophées*, sont revenus aux dieux et aux hommes d'autrefois. Parmi les Symbolistes, H. de Régnier n'avait-il pas écrit les *Joies rustiques et divines*, titre qui unissait d'un seul coup le souvenir de Ronsard et des poètes antiques? Et A. Samain lui-même avait déjà, à leur exemple, évoqué plus d'une belle légende.

Mais c'est dans ce second recueil qu'éclate l'originalité du poète, et que se marquent le mieux le tour de son imagination et la veine de sa sensibilité. A. Samain apporte ici une manière de voir, de comprendre, de sentir et de peindre les choses, qui n'est qu'à lui.

Il ne faut pas se laisser prendre aux apparences.

Dans les petites idylles qui composent le recueil
Aux Flancs du Vase, les personnages que le poète
met en scène portent des noms de l'*Anthologie*
grecque, Myrtil et Palémone, Amphise et Mélitta,
Clytie, Amymone, Mélanthe, Eglé : mais il n'a
pris ces noms que pour leur charme et leur poésie, et ce choix marque seulement l'intention
d'idéaliser les scènes les plus modernes ou même
les plus réalistes. Car tout d'abord c'est l'exactitude de l'observation qui fait le mérite de ces
petites scènes.

Dans l'une de ses plus jolies pièces, le poète
décrit un marché : il se garde bien de transporter
ou de transposer quelques traits heureux des
poètes anciens ; il nous montre ce qu'il a observé :
la petite place où, dès la première heure, sont
étalés « pêle-mêle », sur des tréteaux « boiteux »,
les fromages et les fruits ; la ménagère qui, tirant
sa petite fille par la main, se fraie avec peine un
passage dans la foule et qui

> S'attarde à chaque étal, va, vient, revient, s'arrête,
> Aux appels trop pressants parfois tourne la tête,
> Soupèse quelque fruit, marchande les primeurs,
> Ou s'éloigne au milieu d'insolentes clameurs ;

l'enfant est heureuse de cette agitation, de ces
cris ; et, quand sa mère lui donne le panier à
porter, quelle naïve fierté !

> La charge fait plier son bras, mais, déjà fière,
> L'enfant part sans rien dire et se cambre en arrière,
> Pendant que le canard, discordant prisonnier,
> Crie et passe un bec jaune aux treilles du panier.

On ne pouvait peindre avec plus de vérité, de relief, de grâce et d'esprit cette scène de tous les jours; et c'est le grand charme de ces petits tableaux. Si l'auteur rappelle les poètes anciens, il ne leur emprunte rien pourtant; mais il a, comme eux, une âme jeune, ingénue et simple, qui s'amuse aux spectacles les plus divers de la nature et de la vie.

Il serait difficile, en vérité, de délimiter ce qu'il y a d'antique et de moderne dans ces esquisses charmantes. Car ce qui frappe le plus, c'est la variété même des sujets et la richesse admirable du talent.

Quelques-uns des sujets sont directement empruntés à l'antiquité et semblent détachés de l'Anthologie : scènes mythologiques, comme le *Cortège d'Amphitrite*, où s'ébrouent Néréides, Tritons et Dauphins; scènes d'un sentiment panthéiste comme *Axilis au ruisseau*, ou même purement païen comme *Xanthis* ou *Rhodante*. D'autres scènes sont modernes, en tout cas aussi modernes qu'antiques; elles montrent la sérénité des soirs (*les Constellations*), les douces joies de la famille (*le Repas préparé*), le charme de l'enfance (*le Petit Palémon*) et la grâce de l'éphèbe et de la vierge (*Mnasyle*; *les Vierges au crépuscule*; *Nyza chante*), la beauté de l'art (*Nyza chante*; *Pannyre aux talons d'or*) et la grandeur du travail (*le Laboureur*). Car dans ce mince recueil, comme dans la bulle aux mille couleurs du petit Bathylle, tout se reflète : l'enfance et la vieillesse, l'art et la philosophie, la nature et le ciel, la campagne et la ville, et de même la vie antique et la vie moderne.

S'agit-il de l'art même du poète? Il est réaliste; car il ne dédaigne aucun sujet et peint avec relief et vigueur

> Ardagôn le boucher à la rouge encolure,
> Un grand couteau luisant passé dans sa ceinture;

que de détails bien observés et expressifs abondent ainsi, même dans les scènes les moins vulgaires! Mais cet art est idéaliste aussi, tout d'abord par le choix de certains sujets d'une inspiration noble ou touchante, d'une grâce toute virgilienne (*Damoetas et Methymne*; *la Sagesse*), et surtout par l'interprétation de la réalité, par la richesse de l'imagination et l'abondance des traits purement poétiques. Si l'on ajoute enfin je ne sais quelle élégance, une douceur quasi voluptueuse, une conception à demi païenne de la vie, un sentiment tout moderne de la nature, l'on comprendra la valeur de ce joyau de notre poésie moderne, véritable œuvre d'art et de goût, chef-d'œuvre de réalisme discret, de délicate et profonde sensibilité, de pure poésie.

Deux tableaux, malgré la différence du sujet et du sentiment, me paraissent particulièrement significatifs. Ce sont *la Bulle*, où se montre le mieux l'imagination du poète, et la *Maison du Matin*, où se révèle clairement la douceur exquise de sa sensibilité.

La Bulle, désormais classique, est dans la mémoire de tous les écoliers : c'est une pièce aussi connue aujourd'hui, qu'il y a trente ans *le Vase brisé* de Sully-Prudhomme. Le poète y montre avec une sûreté de trait merveilleuse les efforts d'abord maladroits, puis heureux du petit Bathylle qui,

> dans la cour où glousse la volaille,
> Sur l'écuelle penché souffle dans une paille.

Tout cela est charmant, dramatique et, de plus, d'un sentiment ou même d'un sens profond. Car dans ces esquisses d'une observation si parfaite une idée morale est enveloppée; si vraies, si réalistes qu'elles soient, elles comportent une interprétation idéaliste.

Qui ne voit le sens de *la Bulle*? Qui ne recon-

naît en Bathylle l'image de tous les enfants et de
tous les hommes. Poètes, artistes, philosophes,
ou modestes humains, grands enfants que nous
sommes, nous nous faisons une joie et une souffrance de tout ce que nous imaginons, de nos
espoirs, de nos illusions, de nos rêveries et de nos
théories, dans lesquels nous croyons voir, comme
Bathylle, se refléter tout un monde, toute la
nature; autant en emporte le vent. Ces chimères,
que notre imagination ou notre vanité enfantent,
sont fragiles; au moment même où elles nous
enchantent et nous enivrent, elles disparaissent,
ne nous laissant d'elles-mêmes que l'amer regret
d'avoir été leur jouet ou leur victime.

Le poète a-t-il vraiment mis tant de choses,
dira-t-on, dans cette gracieuse esquisse? Il est
sans doute trop discret pour faire le moraliste ou
le philosophe. Mais l'interprétation se présente
d'elle-même; et, s'adaptant à l'œuvre du poète, lui
prête une valeur nouvelle. Cette interprétation
est légitime; elle se dégage, sans effort ni subti-
lité, comme un parfum d'une fleur.

Il est nécessaire en effet de comprendre comment les Symbolistes font usage du symbole.

A vrai dire, ils n'en ont pas le privilège exclusif.
Avant eux, beaucoup de poètes ont cultivé, plus
largement et plus méthodiquement, le symbole.

Mais eux, ils ont une façon nouvelle et particulière de le traiter.

Pour s'en rendre compte, il suffirait de comparer *la Bulle* de Samain aux admirables symboles qu'on trouve chez les romantiques, par exemple, à *la Mort du Loup*, d'A. de Vigny, ou à *la Vache*, de V. Hugo. Dans ces deux belles poésies, le symbole et l'idée abstraite se développent d'une façon parallèle et symétrique : la vérité morale précède ou suit, accompagne toujours le symbole qui sert à l'illustrer, comme, dans un manuel d'histoire, l'image s'encadre dans le texte; et en effet, le symbole est l'explication poétique, belle, frappante, émouvante d'une vérité. Les Symbolistes, au contraire, ne développent que l'image seule; ils laissent au lecteur le soin de l'interpréter ; ils n'indiquent même pas le sens de l'image, ils se contentent de le suggérer. Selon eux, la vraie poésie doit être « suggestive », et par là surtout elle se rapproche de la musique. En effet, la musique ne prétend pas plaire seulement par l'heureuse combinaison de sons harmonieux; elle suggère de plus des sentiments de joie, de tristesse; elle esquisse à larges traits un développement sentimental. De même pour les Symbolistes : la poésie ne doit pas seulement plaire par l'harmonie des syllabes, par les descriptions ou les évocations des choses réelles ou mystérieuses, proches ou lointaines. Elle suggère aussi; plus riche même que la musique, qui ne suggère que des sentiments, elle suggère des idées. Et si le poète se garde d'exprimer ces idées, il doit rechercher ces images riches de sens, qui se suffisent sans doute à elles-mêmes, mais qui enveloppent mystérieusement une signification morale, comme la fleur enveloppe dans la beauté de sa corolle le fruit qu'elle nourrit. Voilà ce que l'école symboliste entend exactement par « symbole », et comment elle justifie elle-même sa dénomination.

L'autre idylle, qui me paraît particulièrement caractéristique, c'est *la Maison du Matin* :

> La maison du matin rit au bord de la mer,
> La maison blanche au toit de tuiles rose clair....
>
> . . . . .
> Tout l'espace frissonne au vent frais du matin....

On voit là se transformer le sentiment du mystère dont est pleine la poésie de Samain. Notre poète reste le peintre du demi-jour, et il trouve encore un charme profond dans l'ombre du crépuscule; mais il semble maintenant lui préférer la joie souriante de l'aube et de l'aurore. Ce n'est plus le jour qui lutte désespérément contre la nuit envahissante, c'est le jour qui sans lutte s'avance, et l'ombre n'apparaît que pour mieux célébrer le triomphe facile de la lumière.

Du même coup, la mélancolie du poète s'adoucit. De même que s'est atténué ce qu'il y avait de trouble dans son amour du mystère, de même s'allège et s'apaise ce qu'il y avait de déprimant dans sa douloureuse sensibilité. Et le poète sourit avec douceur et tendresse à l'éveil du jour, à l'éveil de la vie.

L'éveil de la vie! De là vient la place importante et privilégiée, sinon exclusive, que le poète a faite dans ce recueil à l'enfant, ou à l'adolescent. Il n'est presque aucune des idylles de ce recueil qui ne soit illuminée de son beau sourire. Samain a peint du même coup — heureuse union! — la jeunesse du jour, si belle dans le long épanouissement de la lumière, et la jeunesse de l'âme dans l'épanouissement printanier des sentiments. Il a dit ce qu'il y a de pur, de doux, de tendre dans le matin qui s'éveille et dans l'aurore de l'âme qui s'ouvre à la joie d'aimer, de savoir, et à la douceur de la lumière.

Pour juger la grandeur que l'intensité même du sentiment donne à quelques-uns de ces tableaux, il suffit de relire les deux dernières pièces : *le Bonheur*, où le poète montre un tout petit enfant endormi sur les genoux de sa mère qui, gagnée elle-même par « le grand calme »,

incline peu à peu son « cou flexible » ; le père qui,
tout pénétré d'émotion, cesse de lire

> Et, dans la chambre sainte où bat un triple cœur,
> Adore la présence auguste du bonheur.

— *la Sagesse*, où Polybe explique à un jeune
pâtre les secrets de la nature et de la vie :

> Clydès est pur et doux ; sa chevelure brune   [lune,
> Couvre un beau front plus blanc qu'un marbre au clair de

> Clydès écoute, il est avide de tout savoir :

>   Une ardeur le dévore
> Il n'est pas satisfait ; il veut savoir encore...

Il frémit et, haletant, il interroge.

> Mais le vieillard l'arrête, et, lui prenant le bras,
> Met un doigt sur sa bouche et ne lui répond pas.

Dans cet abandon et dans cette protection, dans
cette union des cœurs et cet échange des pensées
que de suavité ! quelle pénétrante douceur !

Quel que soit le sujet de ces scènes familières
ou graves, et quels que soient les sentiments tra-
duits, un sentiment général de tendresse domine
l'œuvre ; on l'y retrouve partout unie à la mélancolie et au sens du mystère dont elle s'alimente.

Tendresse profonde qui ajoute encore à la poésie et à la vérité de ces tableaux charmants; car Samain n'a pas fait ici une œuvre de pure imagination ou de savants pastiches. Tendresse moderne aussi, par tout ce qui s'y mêle de personnel dans les sentiments ou les sensations. Car Samain ne cherche point à éblouir, comme beaucoup de ses devanciers qui ont imité l'antiquité, par une prodigalité de détails empruntés ou par un luxe d'érudition. On trouve dans Samain la même simplicité exquise que dans André Chénier, la même fraîcheur d'impressions, et cette vérité que donne seul le contact immédiat des choses. C'est par là que l'œuvre de Samain est antique : elle l'est par la douce joie de vivre qui pénètre l'œuvre, par un paganisme subtil et délicat que dominent le sentiment de la beauté et l'amour de la vie. La beauté de la vie, pour Samain, est moins encore dans l'harmonie des choses que dans leur douceur infinie. L'amour de la vie se nuance ici d'un sentiment délicat de suave tendresse et de mélancolie atténuée. « Il suffit d'une vision de beauté, dit le poète anglais Keats, pour chasser nos mélancolies. » Tel est précisément le progrès qui s'est accompli dans l'âme et dans l'œuvre de Samain.

** **

Par la date de la composition et par l'inspiration antique, le beau poème dramatique intitulé
Polyphème se rattache au recueil d'*Aux Flancs
du Vase*. Cette œuvre, qui abonde en vers charmants et en vers tragiques, montre, elle aussi,
combien le talent du poète avait mûri et, sans
perdre sa grâce juvénile, avait gagné de force
virile et d'originalité.

La légende a été contée par Théocrite et largement développée par Ovide. Le cyclope Polyphème aimait la nymphe Galatée; mais elle lui
préférait Acis le berger. Un jour le géant surprit
les deux amants, et roula sur eux un rocher qui
écrasa son rival. Plus tard, Ulysse retournant à
Ithaque l'aveugla cruellement. Le sens de cette
légende est clair; elle montre et glorifie la toute-
puissance de l'amour, comme Ovide l'explique
par la bouche même de Galatée :

> *... Quanta potentia regni
> Est, Venus alma, tui!....*

Le monstre farouche, l'horreur des forêts, lui qui
méprise les dieux, est la proie de Vénus. Albert
Samain a transformé les données essentielles de
la légende : il a donné à Polyphème un compa-
gnon qui lui sert de confident : c'est le petit

Lycas, frère de Galatée; sa présence met de la vie dans ce drame, et sa naïveté en adoucit le caractère farouche : surtout le poète a prêté à Galatée et au cyclope lui-même des sentiments nuancés, humains et modernes qui transforment la sombre et brutale histoire en un poème magnifique de tendresse douloureuse et d'héroïque pitié.

Polyphème est une « tragédie », ainsi l'appelle le poète; l'action en effet se développe avec la simplicité et la majesté d'une tragédie grecque. Dans un poétique décor de mer et de montagnes, s'élèvent les voix des nymphes dont le chœur dit la gloire de l'été brûlant, et l'on aperçoit Galatée endormie sur un lit de feuillage au bord d'une grotte. Polyphème paraît : il exhale en vers magnifiques la sombre tristesse qui ronge son cœur; il aime, et il sent qu'il n'est pas aimé. Le petit Lycas — un de ces enfants d'une grâce antique dont Samain a rempli les idylles d'*Aux Flancs du Vase* — vient chercher le géant pour lui faire partager ses jeux : mais c'est à peine si Polyphème répond aux appels de cet enfant qu'il aime : scène infiniment gracieuse qui sert d'introduction à la rencontre du cyclope et de la nymphe. En vain Polyphème lui déclare de nouveau son amour; en vain il s'efforce de prévenir et de combler ses désirs; pour elle il est allé cueillir le grand lis bleu qui ne croît que sur les montagnes : Galatée reste indifférente à cet amour et à tant de présents. Samain imagine qu'elle n'éprouve ni haine ni aversion pour le géant; il a compris que la jalousie et la douleur du cyclope n'en seraient que plus dramatiques; car rien n'est plus cruel pour qui aime que l'indifférence. Loin de haïr Polyphème, Galatée l'écoute; elle se fait même coquette et minaude avec lui; c'est avec une ingénuité cruelle que, pour obtenir de lui un bel arc dont elle veut faire présent au berger qu'elle aime, elle flatte le cyclope de paroles caressantes :

> Ton âme est, je le sais, douce pour Galatée.
> Tu la traites toujours comme une enfant gâtée :
> Alors elle en abuse et manque de raison,
> Mais sa tête est si folle et ton cœur est si bon !
>
> (p. 79.)

Ces vers donnent la clef de tout le drame : la Galatée de Samain n'est qu'une enfant égoïste et cruelle; elle ne connaît pas la haine, et parce qu'elle ne connaît même pas l'amour véritable, elle ne comprend pas le mal qu'elle fait. Polyphème s'est à peine éloigné, que le son lointain d'une flûte rustique annonce l'arrivée d'Acis, du berger que Galatée aime et qu'elle attend : ils échangent de tendres propos, et la toile tombe. Ce premier acte est charmant, plein de poésie et

4

de pathétique; le second, plus original et plus profond, d'une grande noblesse et d'une force dramatique très intense, est rempli des deux sentiments antiques, la terreur et la pitié, qui font la grandeur des tragédies de Sophocle.

Le géant est revenu : il souffre toutes les tortures de la jalousie et du désespoir : le malheureux veut savoir. Ici se place entre le petit Lycas et le cyclope une scène singulièrement émouvante, qui rappelle une situation toute pareille du *Pelléas et Mélisande* de Maeterlinck, où c'est un enfant aussi qui par amitié et naïvement, sans se douter, révèle au principal personnage son malheur et par degrés le fait descendre au fond de l'abîme : effet dramatique très savant et très sûr, d'une progression lente et calculée, et d'une grande intensité. Polyphème presse Lycas de ses questions; l'enfant répond avec une franchise quasi joyeuse, et chacune de ses réponses précise l'horrible vérité, jusqu'à ce qu'il s'inquiète du trouble même du géant, s'embarrasse, s'effraie d'en avoir trop dit ou d'en trop dire, et enfin ne répond plus à la dernière question de Polyphème que d'un signe de tête pour lui révéler la terrible et décisive vérité; c'est « le grand coup de hache en plein cœur » : Acis est son rival, Acis est tendrement aimé. Que va faire le cyclope? Sa rage va-t-elle éclater? Quelle sera sa vengeance?

Mais il entend Galatée qui revient avec Acis; il
se cache dans le feuillage. — Les amants échangent leurs tendresses, mêlées de naïvetés et de
railleries innocentes; Acis parle avec compassion
de Polyphème, mais Galatée vite le rappelle à
leur amour, à tout ce qui les enivre de bonheur,
à la douceur d'aimer, à la beauté du soir, au
silence auguste de la nuit mystérieuse. Tout à
coup Polyphème surgit; il veut tuer les deux
amants, il lève ses poings énormes, il va s'élan-
cer; mais un dieu puissant l'a retenu :

> Quel sentiment étrange arrête ainsi mon bras?
> J'ai beau vouloir... je sens que je ne pourrai pas.
> Tant d'amour devant moi!... dérision vivante!...
> Je ne peux pas tuer!... Leur bonheur m'épouvante.
>
> (p. 122.)

En quoi leur bonheur en effet est-il criminel?
De quoi sont-ils coupables? Leur mort fera-t-elle
qu'ils ne se soient pas aimés, ou que lui-même
ait moins aimé? Et si c'est leur bonheur même
qui épouvante le géant, c'est donc que l'amour a
quelque chose de sacré. Voilà pourquoi le geste
de Polyphème n'a pu s'achever, et pourquoi une
force mystérieuse a paralysé son élan. C'est
l'amour qui le poussait à la vengeance; c'est
l'amour encore qui le pousse au pardon. Mais il
souffre et il n'apaisera sa rage qu'en la tournant
contre lui-même. Il s'est éloigné; soudain de

rauques gémissements s'élèvent, un grand cri éclate : Polyphème, comme l'Œdipe de Sophocle, s'est crevé les yeux, de désespoir et de fureur, pour se punir lui-même d'avoir vu ce qu'il aurait voulu ne pas voir et ce qu'il veut ne plus revoir.

Le géant s'est sacrifié; c'est de la grandeur de son sacrifice qu'est remplie la dernière scène. Le petit Lycas est accouru aux appels du cyclope qui appuie sur lui ses mains tremblantes : que l'enfant le conduise une dernière fois près de Galatée endormie; il veut toucher encore son visage, baiser ses cheveux, lui demander pardon; en vers magnifiques il appelle sur elle toutes les douceurs de la nature :

> Bonne terre et toi, nuit, dont la majesté veille,
> Protégez à jamais cette enfant qui sommeille...
>
> (p. 133.)

Sentant une paix inconnue descendre en son cœur il salue d'un dernier adieu tout ce qui lui fit la vie belle, et remercie l'enfant à qui il se confie, comme Œdipe à Antigone :

> Où faut-il te mener, grand ami ?

demande l'enfant et Polyphème répond :

> Vers la mer.

Ce mot, d'un effet grandiose et d'une magnifique évocation, rattache le drame à l'antique légende qui assignait le rivage de la mer comme asile au cyclope; surtout, il concentre en lui toute la poésie consolatrice de la mer, dont la profonde et multiple rumeur endort la pensée et engourdit la douleur.

Jamais sans doute on n'a peint avec plus de force que dans ce drame les angoisses et le désespoir de la passion, ni surtout la majesté de la souffrance morale. L'idylle antique est devenue une élégie; car si le drame lui prête sa sombre poésie, c'est aux douleurs mêmes du poète que ce drame doit la plus pathétique éloquence. On ne peut douter que Samain ait mis là toute sa pensée, ou mieux, toute la générosité de son âme blessée. Il faut au moins rapprocher de *Polyphème* certains des *Poèmes inachevés* qui précisément sont groupés à la suite; on y retrouve le même sentiment, noble et fier. Je songe en particulier à la belle pièce où il nous montre seul au milieu de son troupeau, et plus seul encore de vivre sans amour,

Le grand berger, fantôme lent que son chien suit.

Il a le cœur rempli d'amertume; il gémit dans un exil « sans joie et sans soutien ». Du moins, à

vivre plus près de la nature, il trouve des joies
sublimes qui remplissent son âme :

Alors, levant la tête aux plaines constellées,
Il contemple la mer des splendides douceurs
Et sent divinement ses peines consolées
Par leurs feux caressants comme des yeux de sœurs....

Des secrets sont tombés pour lui des chastes nues ;
Échos vertigineux de lointains firmaments,
Les étoiles ont dit des choses inconnues
Dont son âme a tremblé jusqu'en ses fondements....

(p. 158.)

Ce « grand berger » semble de la même race que
le Cyclope ; tous deux sont nés, comme le poète
lui-même, pour les grandes passions ; condamnés
à la solitude, ils ont appris qu'il y a quelque
chose de plus grand que l'amour, une chose qui
même console de n'être pas aimé : c'est d'élever
sa pensée, comme ce berger, vers la contemplation des beautés éternelles ; c'est aussi de par-
donner et de savoir se sacrifier, comme le Cyclope.

*   *

Quand Samain mourut (18 août 1900), il
n'avait fait paraître que deux volumes de poésies ;
son *Polyphème* n'avait pas encore été joué ni
même imprimé. Ses amis, qui lui avaient fait
violence pour la publication des deux recueils,
savaient qu'il en préparait un nouveau ; ils

crurent qu'ils ne pouvaient mieux honorer sa
mémoire qu'en groupant ses meilleures pièces,
dont quelques-unes étaient inachevées, sous le
titre choisi par le poète lui-même, *le Chariot
d'Or*. De la gerbe que leurs mains pieuses ont
liée, il suffit de détacher les meilleurs épis, pour
juger par la qualité du grain nouveau tout ce
qu'on pouvait attendre des moissons à venir.

C'est encore à l'inspiration élégiaque que sont
dues les plus belles pièces de ce recueil; il faut
signaler en particulier la pièce intitulée précisément *Elégie* (p. 15) :

> C'était un soir de grâce et de mansuétude
> Où l'Amour sur les yeux baise la Solitude...

et plus loin (p. 93) une poésie sans titre, chef-
d'œuvre de description et de sentiment :

> Tout dort. Le fleuve antique entre ses quais de pierre
> Semble immobile. Au loin s'espacent des beffrois;
> Et sur la cité, monstre aux écailles de toits,
> Le silence descend, doux comme une paupière.

Jamais dans notre poésie les tendresses vaines
ou méconnues n'ont modulé leurs plaintes en
notes plus alanguies et plus suaves que sur la
flûte d'ivoire de Samain. Il a pu dire avec vérité :

> Mon âme est un velours douloureux que tout froisse,
> Et je sens en mon cœur lourd d'ineffable angoisse
> Je ne sais quoi de doux qui voudrait bien mourir.
>
> (p. 24.)

L'intérêt particulier de ce recueil posthume, c'est qu'il atteste un nouveau progrès dans le talent du poète, un élargissement et un rajeunissement de son art. Dans *Aux Flancs du Vase* le poète se montrait sensible avant tout à ce qui charme et flatte les yeux et l'esprit. Dans *le Chariot d'Or* se manifeste une inspiration plus forte et, pour tout dire, une sensibilité plus virile. Quelles sont les causes de cette transformation intime? C'est tout d'abord que le poète comprend mieux les conditions du grand art; c'est surtout que le malheur et la douleur ont ébranlé son cœur et vont en faire vibrer les fibres les plus profondes. Comme la terre travaillée par la charrue, l'âme du poète a été déchirée, et profondément labourée pour de nouvelles et fécondes semailles.

Toute la sensibilité du poète est comme renouvelée. Le sens du mystère ne va pas se voiler, mais s'illuminer et s'élargir. La mélancolie sera plus intense que jamais, mais en même temps moins alanguie, plus vigoureuse. Et surtout des sentiments se font jour qui semblent ou sont vraiment nouveaux. Ce n'est plus seulement l'enfant que le poète chante, c'est la famille, et sinon la patrie, du moins le pays natal; le sentiment de la nature s'agrandit et s'épanouit largement dans la vérité et avec force; enfin apparaît le sentiment religieux lui-même. Le poète puise maintenant aux sources vraiment fécondes; il comprend que les sentiments les plus généreux du cœur humain, ceux qui sont l'aliment de notre vie morale, sont aussi l'aliment de toute vraie et noble poésie.

Le sentiment de la famille était complètement absent du premier recueil. Dans le second, le poète avait plusieurs fois mis en scène l'enfant ou l'adolescent, et interprété avec grâce ses charmes, ses naïvetés, surtout son éveil et ses étonnements devant le spectacle de la vie. Mais à part quelques allusions au sentiment paternel ou maternel, ou plutôt à part quelques détails descriptifs et pittoresques destinés à composer un tableau, le poète n'avait rien dit de l'intimité et de la force des sentiments qui constituent le lien sacré; il semblait même les dédaigner comme des banalités. Pour mesurer le changement survenu, il suffit de relire *le Berceau*. Cette pièce atteste par la netteté des sentiments, la simplicité même et la vigueur du style un renouveau de l'âme et une conception nouvelle de l'art. Elle rappelle tout à fait *le Bonheur* dans *Aux Flancs du Vase*. C'est le même sujet. Mais ici il y a plus qu'une scène gracieuse; l'intention est plus pré-

cise; ce père, qui devant le spectacle de son
enfant endormi

> sent plein d'un bonheur que nul verbe ne nomme
> Le grand frisson du sang passer dans son cœur d'homme,

semble nous livrer un regret du poète; du moins
il nous découvre un sentiment plus vif, plus profond, douloureux même de l'amour paternel.

Que dire surtout de la pièce sans titre où
Samain avec la ferveur de son amour filial évoque
son « enfance captive », sa « terre de Flandre »,

> Et cette veuve en noir avec ses orphelins

(*Chariot d'Or*, p. 131)? Ce n'est pas seulement un
souvenir ému donné par le poète au passé toujours vivant dans son âme; c'est précisément la
promesse de renoncer à la fantaisie et aux rêveries de l'imagination pour ne plus chanter que ce
qu'il aime « d'un cœur plus fort ».

Jusqu'ici Samain n'avait guère pénétré dans le
sentiment de la nature : il n'avait été dans *Au
Jardin de l'Infante* que le poète dilettante et
attendri des crépuscules et des soirs : son amour
du mystère, sa mélancolie souffrante, son style
aux douceurs alanguies et aux recherches un peu
mièvres trouvait là, dans ce domaine restreint,

des impressions mais non des spectacles. Or dans ce rêveur, un panthéiste va naître.

Le panthéisme de Samain n'est pas celui de Lamartine. Le poète des *Méditations* est panthéiste en ce sens qu'il voit le Créateur à travers la Création, et qu'il se plaît à retrouver en elle la puissance et la majesté divines; il l'admire, et en se prosternant il l'adore. Samain ne voit pas Dieu dans la nature; mais il l'aime cependant d'amour mystique; il aspire à se confondre avec elle, à se perdre, à s'absorber en elle comme le jeune pâtre qui, penché sur la rive, laisse couler son âme au fil de l'eau (*Axilis au Ruisseau* dans *Aux Flancs...*, p. 15).

Pour comprendre l'évolution qui s'est opérée dans les sentiments et l'imagination du poète, il faut lire la pièce du *Chariot d'Or*, intitulée *Panthéisme* (p. 119). Le poète ne s'enferme plus dans un jardin de fleurs étranges; le crépuscule n'est plus l'heure élue et bénie : c'est maintenant « par la campagne en feu » que le poète promène sa méditation, dans l'éblouissement du soleil de juillet « quand midi fait éclater les roses »; ce qu'il veut « voir », c'est la vie dans sa fécondité; ce qu'il veut « sentir », c'est la chaleur des sentiments vrais; ce qu'il veut « comprendre », c'est « la splendeur d'être un homme ».

Ce qui avait manqué à Samain, c'était le con-

tact avec la grande nature; il le sentait lui-même.
« Ne connaissant ni la montagne ni la mer,
disait-il, il m'arrive souvent d'en vouloir à tout
ce tas de livres et de tableaux qui m'ont sur-
chargé l'esprit et les yeux d'impressions artificielles. C'est le malheur des civilisations vieilles
de prendre ainsi en toutes choses aux âmes leur
belle virginité. »

Aussi quel enivrement, quelle exaltation
féconde, quand, au hasard d'une excursion toujours trop rapide, il est mis en face des grands
spectacles de la nature! Après un voyage sur les
bords du lac d'Annecy, il écrit à un ami : « Je
me suis grisé là de sensations de nature. Je ne
crois pas encore avoir ressenti à ce point l'ivresse
des choses épanouies dans une harmonie parfaite,
et j'ai des souvenirs de radieuses matinées vécues
de la vie légère et exaltée du rêve, toute l'âme
dissoute dans une divine lumière. » C'est le sentiment panthéistique analysé avec la délicatesse
et la ferveur d'un poète.

Après la mort de sa mère, Samain, entraîné
par un ami, avait fait une saison dans le Midi : en
face de la mer il avait goûté le charme puissant
et apaisant de la nature. Mais bientôt les maigres
ressources de Samain sont épuisées ; l'ami dévoué,
qui sait consoler le poète et lui faire oublier la
détresse et la maladie, Raymond Bonheur l'éta-

blit chez lui dans sa maison de campagne : c'est
à Magny-les-Hameaux, dans ce charmant village
bien connu de tous les pèlerins de Port-Royal, qui
se blottit dans un vallon ombragé, au milieu du
lierre et des roses, à la lisière de l'immense plaine :
au loin se profile la silhouette de quelques arbres
et le toit de paille des meules de foin. C'est là
que le pauvre Samain connut les dernières joies
et écrivit sans doute, dans le silence d'une nature
grave et recueillie, l'admirable pièce intitulée *Soir
sur la plaine* (*Chariot d'Or*, p. 45). Plusieurs
détails semblent indiquer qu'elle fut précisément
inspirée par la joie des grands horizons de la
plaine immense; elle est pénétrée d'une intense
émotion; elle montre par un exemple frappant
tout ce qu'aurait pu donner Samain, et tout ce
qu'une âme affaiblie par le mal impitoyable peut
encore trouver de force pour rendre un sentiment vrai, inspiré par la contemplation directe
de la nature. Comme ses poumons, sa pensée se
dilate, quand il

> Respire le vent fort qui souffle sur la plaine.
> (*Aux Flancs...*, p. 40.)

Le sentiment de la nature était devenu très
profond chez Samain, et, le poète lui-même l'indique, ce sentiment était devenu religieux, précisément en devenant plus profond.

On sent que, si Samain avait vécu, le sentiment religieux eût été l'une des sources de son inspiration. Or, il est facile de suivre l'évolution qui s'est opérée en Samain depuis le doute avoué sans forfanterie dans quelques pièces d'*Au Jardin de l'Infante* jusqu'au « Réveil » attesté par le poète lui-même dans le *Chariot d'Or*.

A vrai dire, jamais Samain n'avait été ni hostile ni indifférent. Il pensait, comme beaucoup, que c'en était fait de toute religion et que la civilisation moderne triompherait dans l'incrédulité. Mais il souffrait de cette idée; il éprouvait le besoin de croire.

Le siècle d'or se gâte ainsi qu'un fruit meurtri;
Le Cœur est solitaire, et nul Sauveur n'enseigne.
Ces gouttes dans la nuit?... C'est ton âme qui saigne !
Qui de nous le premier va jeter un grand cri?
(Au Jardin..., p. 161.)

Dans une autre pièce je relève encore cette strophe douloureuse :

Il est des nuits de doute, où l'angoisse vous tord,
Où l'âme, au bout de la spirale descendue,
Pâle et sur l'infini terrible suspendue,
Sent le vent de l'abîme, et recule éperdue !
Il est des nuits de doute, où l'angoisse vous tord,
Et, ces nuits-là, je suis dans l'ombre comme un mort.
(Au Jardin..., p. 166.)

Le même sentiment a inspiré *Sagesse* dans *Aux Flancs du Vase*.

Une âme qui connaît à ce point l'angoisse du doute, qui interroge avec tant d'anxiété la nature toujours muette, est mûre pour la foi. Le sentiment religieux, ainsi né de la souffrance, va se développer, je ne dis pas dans la recherche méthodique — un poète n'est pas un théologien ni même d'ordinaire un philosophe, — mais dans les aspirations ardentes; il va s'épanouir et s'apaiser dans les douceurs d'une foi consolatrice.

En ce sens deux sonnets du *Chariot d'Or* se font pendant : l'un, *le Sphinx* (paru en 1885 dans *le Scapin*), qui symbolise l'obsession de l'énigme, l'autre, *le Repos en Égypte*, p. 179, qui montre dans le « calme infini » de la « nuit bleue » la sainte famille arrêtée et endormie entre les pieds du sphinx de pierre; la Vierge même a fermé les yeux,

> Et dans l'ombre une étrange et suave lumière
> Sort du petit Jésus dans ses bras endormi.

Pourquoi le « Sphinx éternel » atteste-t-il les étoiles? Le poète veut-il encore opposer à la croyance les lois inflexibles de la nature? Ou serait-ce qu'il se contente de la réponse apportée par la foi? Il est difficile d'interpréter de façon sûre l'intention du poète. Comment n'être pas du moins frappé de ce qu'il y a dans ces vers d'attendri et d'apaisé, comme si un souffle bienfaisant avait calmé les angoisses du poète?

Que signifient en effet les deux pièces intitulées *Vision* (p. 183) et *Antigone* (p. 171), sinon que ce n'est pas la science qui donnera à l'homme un soutien dans sa marche chancelante ni le remède de ses douleurs?

La magnifique pièce intitulée *Réveil* résume cette crise; elle nous dit la lutte et la victoire, et, après les angoisses de l'attente, la joie de la délivrance. Comme le voyageur égaré, le poète a longtemps tâtonné; épuisé, il s'est

> endormi sur la route,
> Las et le cœur sinistre au carrefour du doute;

mais tout à coup il se réveille dans la clarté de l'aurore :

> L'aube d'une clarté s'épanche dans mon âme.
> Au mur de l'horizon j'ai vu luire une flamme.
> Les lys soudain dans l'ombre ont frémi de ferveur,
> Et j'ai senti passer la robe du Sauveur.

Toute la pièce se déroule ainsi en un allelúia magnifique de joie, de reconnaissance et d'espérance; c'est l'hymne d'une âme illuminée et transfigurée par le rayon venu d'en haut.

Puisque la moisson croît pour l'éternel semeur,
Puisque le lys fleurit en loyal serviteur,
Je veux donner ma vie à la bonne Espérance,
A la règle, à l'effort, à la persévérance,
L'ennoblir de sagesse et de force l'armer,
L'alléger de prière et toute l'enfermer
Dans la soif de comprendre et la splendeur d'aimer.

Il est vraisemblable que dans cette évolution morale, Samain a subi l'influence d'amis croyants, comme Francis Jammes. N'est-ce pas à la même époque aussi que Verlaine écrivait *Sagesse*? Le rapprochement s'impose; mais des différences sont à noter. C'est dans le trouble d'une déchéance physique et morale que, par un soudain bouleversement, Verlaine s'est prosterné et humilié. Chez Samain, l'évolution s'explique mieux : l'attrait du mystère avait agi puissamment sur lui et l'avait préparé à comprendre les leçons de la souffrance; par elle son vague mysticisme sentimental a été purifié, éclairé. D'autre part les sentiments que Verlaine module en lieds pieux, en cantilènes naïves, avec un accent ingénu conforme à la candeur du sentiment, Samain les aurait développés, semble-t-il, plus largement avec l'ampleur et la richesse d'une âme enthousiaste, en des hymnes magnifiques, dont le *Réveil* nous fait entendre les accents.

** **

Telle est la transformation profonde qui s'est opérée dans l'âme et dans l'art du poète.

Tout d'abord, enfermé en lui-même, il a savouré le plaisir délicat — mais égoïste — des sensations raffinées et des sentiments subtils. Il en a joui avec abondance et jusqu'à la satiété. — Bientôt il s'est détaché de lui-même, autant du moins qu'un poète le peut; il a observé les scènes les plus variées de la vie, il en a dégagé la vérité morale et la beauté. Mais déjà on sent que le cadre étroit va se briser sous l'effort d'un sentiment plus vigoureux et que le poète est sollicité par des sentiments plus grands et plus amples.

Élargissant donc sa vision et son art, il a fait mieux que de se détacher de lui-même ou de s'oublier. Il s'est voué à l'expression des idées les plus hautes et des émotions les plus humaines; il s'est dépouillé de toute affectation, il a renoncé à l'originalité; c'est alors qu'il est rentré le plus complètement « dans la vérité de son cœur ». Loin de détruire les riches dons de sa nature, l'enthousiasme, qui au sens exact est le souffle divin, les a vivifiés.

Pourquoi la mort a-t-elle tranché cette noble vie en pleine floraison de beaux poèmes harmonieux? Samain ne devait plus se contenter de

nous dire la beauté des choses et de nous enchan-
ter de ses rêves ; il nous aurait chanté — ce qui
vaut mieux — la grande chanson humaine. Il se
serait rangé parmi les plus grands, ceux qui
sonnent le rappel de toutes les énergies et de
toutes les espérances.

La sublime *Symphonie héroïque* — dont le titre
symbolique est significatif — rapprochait la mission du poète, du guerrier et de l'apôtre ; Samain
y proclame la toute-puissance de l'idéal et la
grandeur immortelle de la poésie :

> Notre Rêve immobile enfante l'Action.
> C'est nous qui fiançons en rites grandioses
> Le mystère du Verbe au mystère des choses ;
> Et sous nos fronts taillés pour les apothéoses
> Germe, palpite et souffre une création.

Aux poètes qui se plaisent seulement au jeu
curieux des rimes, ou qui nous endorment du
chant berceur de leurs mélodies, nous préfére-
rons toujours les poètes qui nous relèvent, nous
enlèvent et nous entraînent avec eux vers les
sommets. Or, Samain s'est fait une conception
de son art toujours plus large et toujours plus
noble ; son œuvre nous offre l'un des plus beaux
exemples de sincérité, d'effort consciencieux et
d'élan vers la beauté. Sans doute au plus beau
moment de son essor l'aile du poète s'est brisée,

sa voix s'est tue. N'importe! Cette œuvre, qui est l'image fidèle d'une sensibilité très riche et très profonde, nous révèle par surcroît quelque chose de plus beau encore que la nature et la poésie même, je veux dire l'ascension d'une âme.

BIBLIOGRAPHIE

DES ŒUVRES DE A. SAMAIN

Au Jardin de l'Infante, poèmes, éd. in-16.

    Paris, 1893, Société du Mercure de France.

Id., 2ᵉ édit. in-18.

    Paris, 1894, Société du Mercure de France.

Id., nouvelle édition augmentée d'une partie inédite, *L'Urne penchée* (couronnée par l'Académie française, prix Archon-Despérouses, 1898).

    Paris, 1897, Société du Mercure de France.

Aux Flancs du Vase, poèmes.

    Paris, 1898, Société du Mercure de France.

Id., Édition augmentée de *Polyphème* et de *Poèmes inachevés*.

    Paris, 1901, Société du Mercure de France.

Le Chariot d'or (*Le Chariot d'Or. — La Symphonie héroïque*), poèmes.

> Paris, 1901, Société du Mercure de France.

Contes.

> Paris, 1903, Société du Mercure de France.

Polyphème. — Publié dans la *Revue de Paris*, 1er août 1901 (représenté en 1904 au Théâtre de l'Œuvre, puis en 1908 au Théâtre-Français), a été imprimé en 1901 à la suite de Aux Flancs du Vase, — Édition séparée en 1906, in-12, Paris, Société du Mercure de France.

Nouvelle édition complète des Œuvres de Samain, en 3 vol. grand in-18.

> Paris, 1913, Société du Mercure de France.

ÉDITIONS ARTISTIQUES

Au Jardin de l'Infante. — Compositions de Carlos Schwabe, gravées sur bois par J.-C.-G.-M. Beltrand; in-4°, 141 p.

> Paris, 1909, Le Livre Contemporain.

Aux Flancs du Vase. — Compositions exécutées et gravées par Gaston La Touche; in-8°, 110 pages.

> Paris, 1906, Société du Livre d'Art.

Le Chariot d'Or. — Compositions et gravures de Charles Chessa; in-8°, 147 p.

> Paris, 1907, F. Ferroud.

Hyalis, *le petit faune aux yeux bleus.* — Planches gravées de C. Picart Le Doux; in-8°, 69 p.

> Paris, 1909, A. Blaizot.

Symphonie Héroïque. — Compositions et gravures de Charles Chessa; in-8°, 87 p.

> Paris, 1908, F. Ferroud.

CORRESPONDANCE DE A. SAMAIN

1) Georges Thouret, *Mon âme*, poèmes précédés d'une correspondance littéraire (Le Havre, 1903, G.-D. Quoist).

2) Edmond Rocher, *Le Manteau du Passé*, poésies. — Douze lettres d'Albert Samain en guise de préface (Paris, 1909, Sansot).

3) *Vers et Prose*, tome III, p. 88 : Lettre à un Poète (28 mars 1898).

4) *La Plume* (revue), n° du 15 décembre 1897 : Lettre à M. Achille Segard (24 nov. 1897).

5) Lettre à Van Bever (18 déc. 1899) en tête de la brochure d'Alfred Jarry, *Samain*. — *Souvenirs* (Paris, 1907, Victor Lemasle).

6) *Lettres inédites* de Samain à Georges Salmonsohn. — Publiées par Léon Bocquet (*Revue de Paris*, 15 juin 1912).

APPENDICE I

AU JARDIN DE L'INFANTE

Mon âme est une infante	*M. F.*[1], 1892 (V, 198).
Heures d'été	*Id.*, 1890 (I, 280).
Musique sur l'eau	
Accompagnement	
Promenade à l'étang	*Id.*, 1892 (VI, 212).
Automne	
Larmes	*Le Scapin*, 5 déc. 1886.
Élégie	*M. F.*, 1893 (VII, 206).
Even-Tide	
Octobre	
Nuit blanche	
Ton souvenir est comme	
Musique confidentielle	
Dilection	*M. F.*, 1890 (I, 164) *sans titre.*
Musique	
Ermione	
Keepsake	*M. F.*, 1890 (I, 65).

1. Les initiales *M. F.* désignent le *Mercure de France.*

Je rêve de vers doux	*M. F.*, 1890 (I, 134). *Titre* : Volupté.
Confins	*Le Scapin*, 5 déc. 1886.
L'île fortunée	*Le Chat Noir*, 23 mai 1885. *Titre* : Biscuit.
Nocturne	*Le Chat Noir*, 31 oct. 1885.
Arpège	
L'Indifférent	*M. F.*, 1891 (III, 70) — et *Revue du Nord*, 15 oct. 1895.
Invitation	*Le Scapin*, 15 nov. 1886.
Hiver	
Le Vase	*M. F.*, 1891 (III, 278). *Titre* : Allégorie.
Une	*Le Chat Noir*, 8 août 1885.
Galswinthe	
L'Hermaphrodite	*M. F.*, 1891 (III, 278).
La Coupe	
La Toison d'or	
Cléopâtre	*M. F.*, 1891 (III, 9).
Orgueil	*Id.*, 1891 (II, 26).
Soirs (2ᵉ pièce)	*Id.*, 1892 (VI, 212).
Visions	*Id.*, 1892 (IV, 306).
Vieilles cloches	*Le Chat Noir*, 26 déc. 1885.
Les Sirènes	*Id.*, 28 août 1886.
Destins	*M. F.*, 1891 (II, 74).
Les Colombes	*M. F.*, 1892 (IV, 24).
Douleur	*Id.*, (*Id.*).
Extrême-Orient	*Id.*, 1890 (I, 72).
Veillée	
Des soirs fiévreux	*M. F.*, 1892 (VI, 213).

Le Siècle d'or	*M. F.*, 1890 (I, 434).
Vague et noyée	
Il est d'étranges soirs	
Le Bouc noir passe	*M. F.*, 1893 (VII, 206). *Titre :* Ténèbres.
La tour	*Id.*, 1890 (I, 394).
La vie est comme un grand violon	
Laisse la rue	*Id.*, 1890 (I, 18).
Fleurs suspectes	
Luxure	*Id.*, 1893 (IX, 5).
Chanson violette	
Chanson d'été	
Viole	
Extase	
Silence	
Hélène	
Ville morte	
Le Sacre	*Le Chat Noir*, 26 juillet 1884.
Fin d'empire	
La Vache.	*Id.*, 21 février 1885.
Midi	
La Prière du convalescent	
Tsilla	*Le Chat Noir*, 27 déc. 1884.
Le Fouet	*Id.*, 31 janv. 1885.
Tentation	

AUX FLANCS DU VASE[1]

Le Repas préparé	*Revue des Deux-Mondes*, 1er déc. 1897.
Le Boucher	*Id.*, 1er août 1898.
Axilis au ruisseau	*Id.*, *Id.*

1. Ce titre apparaît pour la première fois dans le *Mercure de France*, 1895, t. XIV, p. 66.

La Bulle — *R. des Deux-Mondes*, 1er août 1898.

Le Sommeil de Canope — *Id.,   Id.*
Le Cortège d'Amphitrite — *(non publié antérieurement).*
Mnasyle — *Mercure de France,* avril 1895.

Le Marché — *R. des Deux-Mondes*, 1er août 1898.

Amphise et Mélitta — *Id.,* 1er déc. 1897.
La Grenouille — *(non publié antérieurement).*
Xanthis — *Mercure...,* mai 1897.
Le petit Palémon — *Id.,   Id.*
Hermione et les Bergers — *R. des Deux-Mondes*, 1er août 1898.

Rhodante — *Mercure...,* mai 1897.
Le Laboureur — *R. des Deux-Mondes*, 1er déc. 1897.

Les Vierges au crépuscule — *Mercure...,* mai 1897.
Myrtil et Palémone — *Id.,* avril 1895.
Les Constellations — *R. des Deux-Mondes*, 1er août 1898.

Nyza chante — *Id.,   Id.*
La Tourterelle d'Amymone — *Id.,* 1er déc. 1897.
Damoetas et Methymne — *Mercure...,* mai 1897.
Pannyre aux talons d'or — *R. des Deux-Mondes*, 1er août 1898.

La Maison du matin — *Id.,* 1er déc. 1897.
Le Bonheur — *Id.,* 1er août 1898.
La Sagesse — *Id.,* 1er déc. 1897.

LE CHARIOT D'OR

Versailles — *M. F.,* 1895 (XIII, 270).
Élégie — *R. des Deux-Mondes,* 15 janv. 1897.

Je t'aime, — loin de toi
Je cherche les endroits
Quand je suis à tes pieds
Je n'ai songé qu'à toi

M. F., 1901 (XXXVIII, 322).

Hyacinthe
Ce soir, ta chair malade
Panthéisme
Soir d'empire
Son rêve fastueux
Automne
Mon enfance captive
Incantation
Nos sens, nos sens divins
Mon cœur est
Paresse
Réveil
Ténèbres

M. F., 1898 (XXV, 756).
Id., 1894 (XI, 198).
Id., 1894 (XI, 198).
Id., 1894 (XII, 222).
Le Beffroi, janvier 1900.
M. F., 1894 (XI, 13).

M. F., 1895 (XVI, 316).

Bacchante
Le Sphinx
La Chimère
L'Hécatombe
Les Buchers
Antigone
Faust
Émeraude
Vocation
Le Repos en Égypte
La Dame de printemps
Vision
Hérode

M. F., 1896 (XVIII, 166).
Le Scapin, 1885 [1].
Le Beffroi, juillet 1900.

M. F., 1894 (X, 233).

1. Je n'ai pu contrôler cette indication donnée par A. Jarry
dans sa brochure sur *A. Samain*.

Idéal   *R. des Deux-Mondes*, 1ᵉʳ déc.
                                 1897.
La Peau de bête   *R. des Deux-Mondes*, 15 jan-
                                 vier 1897.

Symphonie héroïque
Forêts   *R. des Deux-Mondes*, 15 jan-
                                 vier 1897.
                               Le Chat Noir, 29 nov. 1884.
Les Monts   *Id.*, 20 juin 1885.
Le Fleuve

CONTES

Xanthis   *Revue Hebdomadaire*, 17 déc.
                                 1892.
Divine Bontemps   *Id.*, 11 mai 1895.
Hyalis   *Id.*, 20 juin 1896.

APPENDICE II

AUX FLANCS DU VASE
Variantes du premier texte.

Le Repas Préparé (*R. des Deux-Mondes*, 1er déc. 1897).

    1. Ma fille, *lève-toi; dépose là* ta laine
    3. *Que recouvre la nappe*
    7. Les pêches *qu'un velours fragile couvre* encor
    15.   va *chercher*

Le Boucher (*Ibid.*, 1er août 1898).

    6. *Chassés déjà*

Axilis au ruisseau (*Ibid.*).

    1.   *dans* l'herbe
    6. *Ses* doigts.
    13-16. (*Ces vers manquent*).
    20.   qu'un *jour*
    22.   Et *soudain*

La Bulle (*Ibid.*).

    11.   *frêle* cristal.

Le Sommeil de Canope (*Ibid.*).

7. *Lasse et sur....*
14. *Se fait ce soir....*
16. *Des souffles* l'infinie....
18.   *... cette* enfant....
19.   *... cou léger....*
20. *Une* morte
22. *Envahit tout son cœur élargi de* tendresse
23.   *... contemple longtemps*
24. (*Manque*).
26.   *... rythme harmonieux....*
27. Des feuilles *alentour....*
31-35. Car *rien n'égalera jamais plus* dans sa vie
       Cette nuit émouvante et cette mer amie
       Ce silence, et parmi la divine accalmie
       Ce baiser pur

Le Cortège d'Amphitrite (*Je n'ai pas trouvé de texte antérieur au Recueil*).

Mnasyle (*Mercure de France*, avril 1895). Titre : *Mélène.*

1. Le troupeau *çà et là semé sur* le rivage
3-5. *L'heure est chaude; le bouc qu'agite un sang brûlant*
       Se dresse tout à coup, s'avance en chancelant
       Et sur la chèvre *blanche....*
7. *Et Mélène....*
8. (*Manque; le 1ᵉʳ texte donne seulement 10 vers*).

Le Marché (*R. des Deux-Mondes*, 1ᵉʳ août 1898).

1.   *... aux lueurs* de l'aurore.
4. Ses *volailles*, ses fruits....
7. *Eglone....*
17. *Eglone....*

Amphise et Mélitta (*Ibid.*, 1ᵉʳ déc. 1897).

14. Son front *lourd*

La Grenouille (*Je n'ai pas trouvé de texte antérieur au Recueil*).

Xanthis (*Mercure de France*, mai 1897).

    2.   ... *au bas* de la colline

Le Petit Palémon (*Ibid.*).

    15.   ... *des* cheveux
    16. Et l'orgueil *de la mère....*

Hermione et les Bergers (*Revue des Deux-Mondes,* 1ᵉʳ août 1898).

    3.   ... *qu'un même espoir* stimule
    10.   elle *serre* un agneau
    11.   *Dans l'ombre*
    12. Le hautbois *maintenant*
    18.   un poids *d'amour*
    19. *Suave* comme....
    19-20. (*Vers transposés*).
    21. *Frémissants....*
    22.   au fond de sa *chair....*

Rhodante (*Mercure...*, mai 1897).

    2.   ... *où jase un* clair....
    5.   est *brune et souple avec des seins....*
    6. Le fruit *mûr*
    9-12. *Et de sa peau dorée et mate aux replis bruns*
           Et de ses cheveux lourds montent d'âcres parfums,
           Mais un rayon glissant dans l'obscure retraite
           Insinue en sa chair....
    17-20. *Tout entière livrée à la fureur du dieu,*
           Ses doigts crispés sur l'herbe et ses lèvres en feu
           Racontent les ardeurs que ses beaux flancs recèlent
           Et ses yeux à travers ses cheveux étincellent.

Le Laboureur (*R. des Deux-Mondes,* 1er déc. 1897).

5.   ... *sa* charrue....

Les Vierges au crépuscule (*Mercure...,* mai 1897).
Titre : *Naïs et Lydé.*

Myrtil et Palémone (*Ibid.,* avril 1895). Titre : *Myrtale
et Palémone.*

   1. *Myrtale....*
   5. Or *Myrtale....*
   6. Comme *elle se débat folle en* ses bras....
   9.   ... rondeur *gracile*

Les Constellations (*R. des Deux-Mondes,* 1er août 1898).

   2. Regarde *gravement....*
   5. *Hermase....*
   8. Andromède, *la Lyre....*
   9. *Arcture et la Grande Ourse au char....*
 10. *(Manque).*
 17. Enivrés *par....*

Nyza chante (*Ibid.*)

   4.   ... a *d'étranges* accents
 16.   avec *amour...* sur *les* cheveux.
 17. Entre *toutes....*

La Tourterelle d'Amymone (*Ibid.,* 1er déc. 1897). Titre :
Amymone.

   5.   ... veut *aussi*
   6. *Pique* les grains....

Damoetas et Méthymne (*Mercure...,* mai 1897).

 13.   *adorable* loi....
 14,   *les* lys....

Pannyre aux talons d'or (*R. des Deux-Mondes*, 1er août
1898).

>   8. Qui *s'amplifie*....
>   9.   ... *grand* tourbillon
>   11. *Les yeux émerveillés*...
>   12. *Par degrès*....

La Maison du matin (*Ibid.*, 1er déc. 1897).

>   3.   un *fréle* écran de *pâle*....
>   5-6. (*Vers intervertis*).
>   5. *Sur le haut des*....
>   7. *Nysa... qu'une* vigne....
>   17. En vain *Nysa*

Le Bonheur (*Ibid.*, 1er août 1898).

>   2. *Lydé*.
>   7. *Lydé*.
>   9.   ... *une* flamme....
>   10. *Parfois d'un* reflet....
>   14.   ... *au coin des* lèvres
>   16. Le *regarde*
>   20.   *dont l'âme est près des* dieux.

La Sagessse (*Ibid.*, 1er déc. 1897).

>   3. *Avec Clydès le pâtre étendu sur*....

PARIS

IMPRIMERIE GÉNÉRALE LAHURE

9, RUE DE FLEURUS, 9